心《こころ》に愛《あい》は満《み》ちてるか？

高岡ミズミ
MIZUMI TAKAOKA

イラスト
マツモトミチ
MICHI MATSUMOTO

JN286854

Lovers
Label

CONTENTS

1

世の中にはいろいろな人間がいるものだと、この仕事をしているとよく思う。

朧月《おぼろづき》の下、春の埃《ほこり》っぽい夜気の中で、相馬凜《そうまりん》は狭《せま》い屋台《やたい》の右端《みぎはし》に座ってビールをちびちびと飲みながら、人待ち顔で腕時計ばかりを見ている左端の男を目の隅《すみ》で窺《うかが》った。

容姿も雰囲気《ふんいき》もいかにも真面目《まじめ》そうで、見るからに硬《かた》い職業だとわかる。しかもなかなかの男ぶりだ。それも当然で、田之倉信也《たのくらしんや》は大手商社に勤務している正真正銘《しょうしんしょうめい》のエリートビジネスマンであり、部長の姪《めい》を妻《つま》に持つ、いわゆる勝ち組と言われる人間なのだ。

両親とも公務員で、生まれたときから三十五歳の今日まで順風満帆《じゅんぷうまんぱん》に過ごしてきた田之倉の経歴に瑕《きず》ひとつない。交通違反すらまったくなく、相馬からすれば、そんな奴が存在すること自体が不思議《ふしぎ》にも思える。

短く整えられた頭髪や、退社後にも拘《かかわ》らず乱れのないネクタイに几帳面《きちょうめん》な性格が表れている。連れが来るまで先に飲んでいればいいのに、なにも頼まず待っているところも同様だ。

こんな男が浮気？

疑問を抱いた相馬が、卵焼きを口に放り込んだときだった。腕時計から目を上げた田之倉の顔に笑みが浮かんだ。

待ち人が来たのだ。

「すまん。遅くなった」

苦笑いで謝罪《しゃざい》する男に、田之倉はかぶりを振る。

「いや、俺もいま来たところだ」

ゆうに三十分は待っていたというのに、殊勝《しゅしょう》にもそんな台詞《せりふ》で迎《むか》え、友人が隣《となり》に腰を下ろすのを待ってからようやく自身のネクタイに指をかけて緩《ゆる》めた。

「なにを飲もうかなあ」

遅れてやってきた友人が迷《まよ》ったのは一瞬《いっしゅん》で、すぐに麦焼酎《むぎじょうちゅう》の水割りを頼む。

「俺はビールにするか」

笑顔でそう言った田之倉も、一緒におでんの大根《だいこん》と白滝《しらたき》、はんぺん、スジ肉の煮込《にこ》みを注文したあとテーブルに置かれたビールで友人と乾杯《かんぱい》すると、その後は他愛《たあい》のない話に花を咲かせていった。

「成績がすべてか。大会社は厳《きび》しいな」

と友人が笑えば、田之倉がリラックスした様子で肩《かた》をすくめる。

「厳しいのは、おまえだって一緒だろ？　というか、客相手なぶん、おまえのほうが神経使わなきゃいけないし。クレームとかあると、きついんじゃないか？」

「まあ、凹《へこ》むこともあるけど、慣れだから」

友人は、おでんで曇《くも》った眼鏡《めがね》の蔓《つる》を人差し指で押し上げて頷《うなず》く。

仕事を離れて、気心の知れた友人同士でグラスを傾《かたむ》ける——どこでも見られる光景だ。特に

違和感《いわかん》はない。

「こっちもだ。慣れるしかないからな」

誰しも会社や家庭の愚痴《ぐち》のひとつやふたつこぼしたくなるし、働く男たちにとって退社後の一《いっ》杯《ぱい》はささやかなストレス発散にちがいない。

ごく普通に見えるふたりの話にしばらく聞き耳を立てていた相馬は、嫉妬《しっと》深い奥さんを持つと大変だと苦笑いするしかなかった。

そもそも今回の依頼自体、俄《にわ》かには信じがたいものだった。

田之倉理恵《たのくらりえ》が『飛鳥井《あすかい》よろずサービス』を訪ねてきたのは、三日前のことだ。三十代前半だろう理恵は目を惹《ひ》く美人で、ひどく神経質そうにも見えた。

——主人を調べてほしいんです。

事務所のソファに座っている間、右手でハンカチを握《にぎ》り締《し》め、左手で長い髪の毛先を弄《いじ》る仕種《しぐさ》に彼女が思いつめている様子が窺え、相馬はできるだけ落ち着いた口調で依頼内容を確認していった。

——ようするに、ご主人が浮気しているかどうか調べたいのですね？

浮気調査の依頼はしょっちゅう入ってくる。夫だったり妻だったり、ときには愛人だったりと依頼主はさまざまだが、事務所のドアを叩《たた》く際《さい》にはすでに九十パーセント浮気を確信していて、残りの十パーセントを埋《う》めにやってくる場合がほとんどだ。今回、理恵の場合もそうだった。

——しているんです。間違いないわ。

ただ、理恵の場合は他のケースと少しばかり事情がちがった。相馬の前で夫の浮気を断言したあと、驚愕《きょうがく》の一言を口にしたのだ。

――大学時代の友人と……樋口勇三《ひぐちゆうぞう》と浮気してるんです。

一瞬、自分の耳を疑った。首を傾《かし》げた相馬はもう一度理恵に相手の名前を尋ねたが、やはり同じ返答があった。

――樋口勇三と浮気してるんです。

『ティアラ』とか『エンジェル』というキラキラネームが流行《はや》る昨今《さっこん》だ。『ゆうぞう』という名前の女性がいてもおかしくは……ないと、なんとか自分を納得させようとしてみたものの、やはり無理だった。女の子に『ティアラ』とつけても、『ゆうぞう』などという厳《いか》つい名前をつける親はいないはずだ。

――ご主人が、ゲイだと疑っておられるんですね。

大事なことなので、不躾《ぶしつけ》なのは承知で問う。赤い唇《くちびる》に歯を立てた理恵は、睫毛《まつげ》を震《ふる》わせながらゆっくりと顎《あご》を上下に動かした。

理恵の話はこうだった。

結婚当初から週に二回のペースで樋口勇三と飲みに行く夫は、自分の頼みごとより樋口との約束を優先させてきた。しょっちゅう会ってるんだから、たまには私を外食に連れて行ってよと不満をぶつけても、あいつと飲むのは俺のストレス発散なんだの一言で片づけられてしまう。あるときは、発熱した理恵のために断ってくれたものだとばかり思っていたら、眠っている間にこっそり出かけたという。帰ってきてから責めると、寝てたんだからいいじゃないかと夫は開き直った、と口早に話していった。

妻の言葉が真実ならば、確かに田之倉信也と樋口勇三は相当親しい間柄だ。が、だからといって即座《そくざ》にゲイと決めつけるのはあまりに早計だろう。理恵の言うとおり仮に田之倉がゲイだとしても、世の中にはそっとしておいたほうがいいこともある。調査がきっかけで寝た子を起こすような事態にもなりかねないからだ。

――よほど馬が合うんじゃないですか？　友人にいますよ。彼女といるより友人といたほうが楽だからって奴。

よくある話だと言外に窘《たしな》めた相馬だったが、理恵は頑固《がんこ》だった。相馬をきっと睨《にら》みつけると、険《けん》のある声音《こわね》で、印籠《いんろう》でもあるかのようにその単語を口にした。

――もう三年も、セックスレスなんです。

予想はついていたが、面と向かって言われると返答に困る。お気《き》の毒《どく》にとしか言えず、相馬は理恵が事前に書き込んだ書類に目を落とした。

――わかりました。ご主人の浮気調査、承《うけたまわ》ります。つきましては、調査費等の話をさせてもらっていいですか。

書類には夫の名前と年齢、勤務先等の情報以外にも、交友関係や趣味等が記されている。結婚四年目ということは、新婚のときからすでに夫婦関係はなかったようだ。

美人の奥さんなのに。

と、理恵の持参した夫の写真を手に取る。田之倉は、いかにもエリートビジネスマン然として、真面目を絵に描いたような男だ。

ゲイかどうかはさておき、相馬の目から見ても似合いの夫婦に見えた。

調査費と経費を合わせると、けっして安い金額ではない。身辺調査や浮気調査は『飛鳥井よろずサービス』にとって最たる収入源ではあるが、相馬自身はあまり気乗りしない仕事だった。

近しいひとを疑い、勝手に調べて幸せになる人間などいない。白黒つけることがすべてではないのにと、この仕事を始めてからしみじみ実感するようになった。

もし恋人に不穏《ふおん》な様子があっても自分は絶対業者には頼まない――と、飛鳥井が聞いたら「プロ意識に欠ける」と怒りそうなことを考えつつ、いま一度、相馬は並んで飲んでいるふたりの中年男をチェックしていった。

田之倉の友人の樋口勇三は、相馬の想像を裏切り、人ごみにいたらまぎれてしまうにちがいない、どこにでもいる普通の男だった。美人妻を袖《そで》にするほどだからよほどの色男か美青年かと思っていたのに、拍子《ひょうし》抜《ぬ》けしたというのが本音《ほんね》だ。

勇三という勇《いさ》ましい名前のわりには線が細く、身長は成人男性としては平均的なものだ。取り立てて特徴《とくちょう》のない顔立ちは、明日には忘れてしまいそうなくらい印象が薄い。

三十代の男が十人いたら九人は同じだろう髪型で、高からず低からずの鼻にフレームの細い眼鏡をのせ、大きからず小さからずの口で笑う。相馬からすれば、妻に疑いを持たせるほどの魅力《みりょく》がどこにあるのだろうかと不思議になるほど、樋口は平凡《へいぼん》に見えた。

大学卒業後に関東でチェーン展開しているスーパー『グリーンフーズ』に入社し、三十五歳の現在、店長として一店舗を任されているのだから仕事はできるのだろうが、ひとがよさそうという以外、特徴がない。

やっぱり奥さんの早とちりじゃないのか？

首を傾げたとき、

「なあ、近いうちに休みを取って温泉にでも行かないか？」

田之倉が樋口を誘《さそ》った。

変ではない。友人同士なら、温泉くらい一緒に行くこともある。

「温泉かあ。いいな。じゃあ、鈴木《すずき》も誘って三人で行く？」

樋口が答えた。が、どうやら田之倉は樋口とふたりで行きたいらしい。

「鈴木はどうかな。あいつ、部署異動になって忙《いそが》しいって言ってたし、旅行とか興味なさそうだし。それに、案外せっかちなところがあるから、あいつと一緒じゃゆっくり愉《たの》しめないだろ？」

ここで重要なのは、共通の友人である鈴木を誘うか誘わないかではない。「旅行」と田之倉が明言したことだ。

普通なら特に気にならないが、ゲイ疑惑《ぎわく》がある以上、ささいな会話も熟考する必要がある。近場の温泉ではなく遠出をするつもりなのかと、スジ肉の煮込みを箸《はし》で突《つつ》く傍《かたわ》ら、相馬は樋口の返答を待った。

「来月あたりどうだ？」

あくまでふたりで行く予定を立てようとする田之倉に、思案するそぶりすら見せずに樋口は大根を口に放り込むと、無理だなと答えた。

「僕も近々は駄目《だめ》だな。おまえも知ってるだろ。まず連休取るのが難しい」

田之倉はなおもねばる。

「じゃあ、いつならいい？　こっちはおまえの休みに全面的に合わせられる」

樋口の答えは同じだった。

「あー、どうかなあ。先のことははっきり決められない。温泉なら、僕じゃなくて奥さん誘って行けばいいだろ」

「――――」

奥さんと言われてしまえば、それ以上しつこくできなかったようだ。田之倉は唇を結び、恨《うら》めしげな視線を樋口に送る。

一方、樋口は田之倉の心情などまったく気にすることなく、安穏《あんのん》とした様子でおでんを頬張《ほおば》っている。

他の客をひとり挟《はさ》んだ場所からふたりの言動を逐一《ちくいち》チェックしていた相馬は、妻の疑念《ぎねん》はおそらく杞憂《きゆう》にすぎないだろうと思った。

確かに田之倉の樋口への好意は、友人に対するものにしてはやけに湿《しめ》っぽいような感じを受ける。だが、仮にゲイというのが事実だとしても、よほど強引な手段に出ない限り間違いは起きないだろう。

肝心《かんじん》の樋口にはこれっぽっちもその気がないようだし、鈍《にぶ》い性質《たち》なのか、田之倉が自分を特別な目で見ているなんて想像すらしていない様子だ。

「わかったよ。休みが取れそうなときは言ってくれ」

やっとあきらめたのか、田之倉が退《ひ》く。口調はあくまで普通だが、落胆《らくたん》しているのは明らかだった。

「期待しないでくれよ」

樋口は一言で片づけると、最近観た映画の話をし始める。

「可愛《かわい》いよなあ、あの女優。癒《いや》し系《けい》っていうの？　ああいうタイプ好きだなあ」

樋口に罪《つみ》はないとはいえ、よりにもよってここで好みのタイプを語るなどあまりの鈍さに呆《あき》れてしまう。

「ああいう子、どこかにいないかなあ。ま、いたところでこんなおじさん、相手にされないか」

ははは、と笑った樋口に、田之倉が曖昧《あいまい》な同意を返す。田之倉としては、返答のしようがないというのが本音だろう。

「おまえはいいよな。美人の嫁《よめ》さんがいるんだから」

それでも、無神経《むしんけい》とも言える樋口のこの一言は聞き流せなかったらしい。

「うちのは癒しってタイプじゃない。完璧すぎて気が抜けないんだ。俺は、おまえと飲んでいるいまが一番癒されてる」

苦《にが》い顔で反論したかと思うと、それを悔《く》やむかのように眉《まゆ》をひそめた。

　この瞬間、懸命《けんめい》にアピールする男と無神経な友人という図式が相馬の中で出来上がる。いくら鈍い男であっても、すぐ隣に座っていながら友人の様子に気づかないのはどうかしている。こんな調子でよく店長が務まるものだ。

　いや、友人だからこそ、か。友人が自分に特別な感情を抱いているなんて、同性同士であれば疑わないのが普通だ。

　肉体関係がなくても、伴侶《はんりょ》のある身で他人に懸想《けそう》すればその時点で浮気だと言う者はいる。実際、夫や妻の心変わりを確かめるべく依頼してくる客も過去にはいた。

　相馬自身は、行動に移さないなら許してやれよと思っているし、ゲイならなおさらそっとしておくべきだという考えは変わらない。

「おまえ、それって惚気《のろけ》か？」

　しかも、当の樋口がこの調子なので田之倉には同情さえ込み上げてきた。

　どこか噛《か》み合《あ》わないまま話を続け、その後三十分ほどでふたりは椅子《いす》を立った。

「じゃあ、また来るね」

　樋口が笑顔で屋台の店主に声をかける。特別な料理があるわけではないし、親父も社交的にはほど遠いもののなにか魅力《みりょく》があるのだろう。常連らしい樋口は田之倉と肩を並べて上機嫌《じょうきげん》で帰っていく。

　相馬もジーンズの尻《しり》ポケットから財布を取り出した。

「勘定《かんじょう》お願いします」

代金を払っていると、田之倉と自分の間で飲んでいた男が「気の毒に」とぽつりと漏《も》らす。なにげなくそちらへ目を向けた相馬に、ワインでも好みそうな容姿と雰囲気《ふんいき》で焼酎のロックを傾ける彼は、

「一方通行の想いはつらい」

訳知り顔で口にした。

初めからゲイという情報を与えられていた相馬だけではなく、第三者の目から見ても田之倉はそう見えたのか、と確かめたかったが、ふたりの姿が夜の闇《やみ》にまぎれる前に追いかけなければならない。

すぐに男から離した視線を田之倉と樋口の背中に戻すと、そのまま足を踏み出した。

ふたりは寄り道せず、まっすぐ駅へ向かっている。

その背中に向かって、デジカメのシャッターを何度か切る。樋口は電車、田之倉は地下鉄を使うようで、駅に到着する前に別々の方向へと歩いていく姿もカメラに収めた。

田之倉が樋口と別れた時点で相馬の仕事は終わる。極端《きょくたん》な話、これからどこへ行こうと誰と浮気をしようと調査の範疇《はんちゅう》ではない。それに、ほんの一時間足らずで浮気の可能性は限りなくゼロに近いと判断していた。

腕時計に目を落とすと、もうすぐ九時になろうかという時刻だった。所長の飛鳥井に電話を入れて直帰しようかとも考えたが、今日のうちに初日の報告書を書いてしまおうと靴先《くつさき》を駅構内へ向ける。

在来線に揺られること数十分。大型ディスカウントショップや電気量販店、飲食店が立ち並ぶ賑《にぎ》やかな大通りから横道に入って十五分ほど歩いた場所にある古くからの住宅街の一角に、相馬の勤めている『飛鳥井よろずサービス』はある。

午後九時半、路地を歩いているひとはいない。

一階の八百屋《やおや》はすでに閉店していて、シャッターの前を通り過ぎた相馬はモルタルの外階段を一段飛ばして上がっていき、二階のドアを開けた。

「ただいま帰りました」

十畳ほどの事務所内に視界をさえぎるものはない。一歩足を踏み入れれば、室内すべてが見渡せる。

右手の壁《かべ》にスチール棚《だな》、その横には窓を背中に飛鳥井のデスクが置かれている。中央のテーブルとソファは接客用だが、客が来ないときは所員の休憩場所も兼ねているため、いまももうひとりの所員、紀野《きの》がソファに陣取《じんど》って膝《ひざ》にのせたノートパソコンのキーをかちゃかちゃと叩いている。

「あー、どうだった？」

デスクに両足をのせて煙草《たばこ》を吹《ふ》かしている飛鳥井が、歯の隙間《すきま》から煙《けむり》を吐《は》きつつ問うてきた。

強面《こわもて》にオールバックの髪型で、黒シャツを好んで着ているため、初めて会った相手はたいがい事務所を訪ねてきたことを後悔《こうかい》する。やばいところに来てしまったと勘違《かんちが》いするのだ。実際の飛鳥井は、顔が怖くて服装の趣味が悪いというだけの普通の男だ。もとい、異常に動物に弱い、普通の男だった。

「屋台で待ち合わせして、一時間ばかり飲んだだけですね。いま頃は、奥さんが待ってる自宅に着いた頃じゃないですか」

ちらりと腕時計を確認して報告する。妻に責められているのではないかと想像すれば、ただでさえ希薄《きはく》な結婚願望がいっそうなくなっていく。

「で？　やっぱりゲイか？」

飛鳥井は興味なさそうな顔で、天井に丸い煙を吐き出した。

自他共に認める女好きである飛鳥井は、ゲイに偏見《へんけん》はないと言いつつ信じられないようだ。なにがよくて暑苦しい男なんかがいいんだと、依頼者の理恵が帰った途端《とたん》に天《てん》を仰《あお》ぎ、眉《まゆ》をひそめ、相馬に同意を求めてきた。

相馬自身は、飛鳥井ほどではない。ゲイであろうとなかろうと自分に被害が及《およ》ばない限り、好きにすればいいというスタンスだった。

「そういう気配はありますが、はっきり確認したわけじゃないんで断定はできないですね。ただ、相手の男にまるでその気はなさそうなんで、浮気ってのは奥さんの早とちりだと思いますけど」

先刻《せんこく》のふたりを脳裏《のうり》で再現する。どこから見ても普通の中年男にしか見えない樋口には他者からは窺い知れない魅力があるにちがいない。屋台の客が言ったとおり、田之倉が一方的に樋口を慕《した》っているようだった。

「あのおっさん、鈍いんだよな」

ぽつりとこぼす。

樋口の鈍《にぶ》さを責める気はなくとも、少しくらい異変を察してもいいはずだと呆れる。ああも鈍《どん》感《かん》では、身の危険が迫《せま》っていても気づかないだろう。

「おっさんか。蓼食《たでく》う虫《むし》も好《す》き好《ず》きって言うからな。俺はごめんだが」

地球上の半分は女だっていうのに男のほうがいいなんざ気が知れねえな、と鼻で笑った飛鳥井らしい一言に、今回ばかりは相馬も同感だ。ゲイに他意はないが、もし自分だったら多少なりとも若くて綺麗《きれい》な男を選ぶ。それとも、そんなふうに考えること自体ゲイを特別視している証拠《しょうこ》だろうか。

「どっちにしても調査費はもらってるんだ。一週間、旦那《だんな》に張りついてくれ」

「わかってます」

頷いた相馬は、視線をいったんソファの紀野にやる。紀野は相変わらずキーボードを叩いていて、相馬が戻ってきたことも気づいていないようだった。

いつものことだ、と半ばあきらめの境地《きょうち》でため息をついた。

『飛鳥井よろずサービス』は、その名のとおりよろず屋だ。犯罪《はんざい》以外はなんでもやると謳《うた》っていて、実際、違法ぎりぎりな依頼もときには受ける。相馬自身、恋人と別れたいという男の依頼を受けて女に近づき、男に有利な状況で別れ話に持ち込んだこともある。後味の悪さが残ったが、仕事は仕事だと飛鳥井に一刀両断された。

十年前、所長の飛鳥井が脱サラして友人とふたりで始めたと聞いている。当初はなかなか軌道《きどう》に乗らず借金ばかりが膨《ふく》らんでいく一方で、友人が早々に手を引いてしまったため、最初の三年ほどは飛鳥井ひとりで奔走《ほんそう》していたらしい。意地になってたんだと、いつだったか酒に酔《よ》った際に飛鳥井は話していた。

相馬が飛鳥井よろずサービスに入ったのは、大学三年の途中だった。就職について漠然《ばくぜん》と考えていたもののいまひとつ真剣に行動に移せずにいたとき、たまたまパチンコ屋で隣同士になった飛鳥井にスカウトされたのだ。

——兄ちゃん、うちで働かないか。

サングラスをかけた飛鳥井は、胡散《うさん》くさいことこのうえなかった。

もちろんその場で断った。飛鳥井はとても堅気《かたぎ》には見えなかったし、なによりよろず屋に興味がなかった。が、その後も何度も誘われたので、どうして自分を誘うのかと聞いてみた。

——外見だ。男前がいると仕事の幅が広がるからな。

まるで悪びれない明瞭《めいりょう》な返答が、そのときの相馬には妙《みょう》に心地《ここち》よく感じられたのは事実だ。それまでも外見に関していろいろ褒《ほ》めてくる者はいたが、飛鳥井の言い方はそれらとはちがった。自身の損得勘定《そんとくかんじょう》に正直で、ある意味潔《いさぎよ》くさえあった。

——面倒《めんどう》くさくなったらやめますよ。

おかげでこっちも軽いノリで承知できた。以降、在学中はアルバイトとして、卒業してからは正社員としてこき使われて現在に至《いた》る。

「紀野よう。おまえ、さっきからなにやってんだ。報告書書いたんだろうな」

唇に銜《くわ》えた煙草を上下に揺らし、飛鳥井が不穏に目を細める。まるでやくざが因縁《いんねん》をつけているような迫力だが、紀野はパソコンの画面を見たままテーブルの上を指差した。

「おまえな。上司に報告書を取りに来させるつもりか？」

かぶりを振る飛鳥井にしても、紀野の態度を改めさせようなどという気はすでにないように見える。

もうひとり人員を増やしてくれ、いまのままでは早晩《そうばん》倒れると直談判《じかだんぱん》した相馬の希望で、去年、アルバイト募集をかけて応募してきたのが紀野だった。紀野ひとりだった。

紀野の前髪が目元を覆《おお》うほど長いのは、ちゃんと目を見て話せと注意してくる教師対策だったという。これだとどこを見ていても知られないから、と面接の場で紀野は言ったが――面倒くさい希望者がやってきたと、最初相馬はうんざりしていた。

しかし、他に応募がない以上選択の余地《よち》はなかった。一週間後には電話で採用を伝え、その日から一緒に働くはめになったのだ。

一年たったいま、あのときの不安は取り越し苦労だった――と言いづらいのが頭の痛いところだ。紀野は命じられたことを完遂《かんすい》する反面、命じられていないことについてはなにもやらない。自分から気を回してとか、ついでにとか、そういう期待をするとことごとく裏切られるアルバイトだ。

「でも、やれって言われてないんで」と、何度紀野の口から聞いたか。そのたびに飛鳥井の小言《こごと》も聞くはめになるが、猫《ねこ》の手も借りたい現状で紀野にやめられたら困るのだから慣れるしかない。

黙々《もくもく》とパソコンに向かっている紀野の代わりに、テーブルの上に置いてある紀野の報告書をひょいと抓《つま》んだ相馬は、それを飛鳥井のデスクに置いた。

今日の紀野は迷い猫のビラを配りつつ、聞き込みをしていたらしい。目撃《もくげき》情報を得たとあるのは大きな収穫だが、ひとが集まる店や図書館等でビラを貼らせてもらうという考えはなかったようだ。

紀野に指摘《してき》すれば、おそらく「そこまで言われてないから」と返ってくるだろう。

「おまえは父ちゃんか？　おまえが甘やかすから、紀野がいつまでたっても半人前なんだ」

自分のことは棚に上げて、飛鳥井が不満そうにこぼす。

「こんな息子、いりませんよ。それに、所長に言われたくないです」

厳《きび》しくできないのは、故郷《こきょう》に残してきた引きこもりの甥《おい》っ子《こ》を思い出すからだと以前、酒の席で話していた。独身の飛鳥井にとって、甥は息子同然なのかもしれない。

「俺はちがうぞ。いまからびしっと叱《しか》ってやろうと思っていたところだ」

口先だけの飛鳥井に、もはやなにも言うことはなかった。が、紀野本人が不本意そうに口を開く。

「引きこもりの甥と重ねるとか、やめてください」

いったい誰のせいだと思っているのか、ぱたんとノートパソコンを閉じた紀野はソファから立ち上がると、なおも反論を重ねた。

「給料はくそみたいに安くても、一応俺は働いてますから。それに、仕事が終わったあとのプライベートまで口出しされたくないです。フィギュアを落札しようと巨大掲示板にゲット報告をしようと、それは俺の勝手でしょう」

堂々と言い切られると、なにかがおかしいと思っていても反論しづらいものだ。飛鳥井もそうなのだろう、甥っ子と事務所を侮辱《ぶじょく》されたも同然の言い方をされたのに、がくりと肩を落とすばかりだった。

しようがない。唯一《ゆいいつ》のアルバイトにやめられると次はいつ入ってくるかわからない現状では、多少変人であろうと紀野が貴重な働き手であるのは事実だ。相馬もいつものように聞き流す。

奥のミニキッチンに足を向け、コーヒーを注《そそ》いだカップを片手にソファへ移動した。今日の報告書を書くためだったが、特筆すべきことは皆無《かいむ》だったので、ものの五分で終了する。

紀野が帰宅し、飛鳥井とふたりきりになる。鼻と口から煙を吐き出している飛鳥井の前に報告書を置いた相馬は、複雑な心境で口を開いた。

「女と浮気してるわけじゃないなら、見て見ぬふりをしてやりゃいいのにって思いますけどね」

ゲイ疑惑《ぎわく》を疑惑のまま終わらせたほうが、旦那にとっても妻にとっても幸せじゃないのかという意味で言う。

ちらりと報告書に目を落としてから、飛鳥井は鼻を鳴らした。

「馬鹿だな。おかげで俺らが飯を食えるんだろ？　大いに突き詰《つ》めるべきだ」

「いや、だからそういうのは抜きで。飛鳥井さんなら、もし自分の彼女が女と浮気してるかもって思ったとき、どうします？」

自分なら間違いなく自然消滅《しぜんしょうめつ》に持ち込む。それが普通だと思ったが、飛鳥井の返答はちがった。

「目の前でレズってもらって、俺はそれで抜く。3Pもいいな」

飛鳥井らしい答えだ。なにを想像してか、にやっと口許《くちもと》を緩《ゆる》める姿には脱力《だつりょく》する。紀野に負けず劣《おと》らず、飛鳥井も変人だ。

「あんたに聞いたのが間違いでした」

こめかみを指で押さえると、飛鳥井が大きな口を開けて呵呵《かか》と笑う。

「おまえもケツを掘《ほ》られないようにせいぜい気をつけるんだな。ま、社員がオカマでもオナベでもフライパンでも俺はいいけど」

想像するのも怖いことで茶化《ちゃか》されて、顔をしかめる。飛鳥井は自分にジョークのセンスがあると思っているが、勘違いも甚《はなは》だしい。下品なジョークにうんざりしつつデスクを離れた相馬は、

「じゃあ、俺は帰りますんで」

煙草を揺らして応《こた》えた飛鳥井に一礼して、事務所をあとにした。

階段を下り、猫《ねこ》の額《ひたい》ほどのスペースからスクーターを引っ張り出して跨《また》がると、スロットルを回す。春の夜風を切って住宅街を走り抜け、大学時代から住んでいるアパートを目指した。

途中コンビニに立ち寄って今夜の夕食用の弁当を買った以外はまっすぐ帰り、二十分ほどで到着する。事務所がアパートから近いことも、飛鳥井の誘いを受けた大きな理由になった。

五階建ての古いアパートだ。住人は学生と社会人の比率が半々ほどで、ほとんどが独身者で家族持ちは少ない。相馬の住む三〇二号室の両隣も一人暮らしで、右隣がホステス、左隣はなにを

していのかわからない二十代後半の男だ。

ばらばらな向きで押し込まれている駐輪場の隅っこにスクーターを入れ、三階に上がる。ドアの鍵《かぎ》を開けていると、今日は休みだったのか、右隣のホステスが顔を覗《のぞ》かせた。

「相馬くん、いま帰り？」

彼女の手にはゴミ袋がある。明日は燃えるゴミの日だと、それを見て思い出した。

「ええ。所長の人使いが荒《あ》らいもんで」

そう返し、ドアを開ける。隣人は玄関を覗き込みながら、ふっと赤い唇を意味深《いみしん》に綻《ほころ》ばせた。

「忙しくて不自由してるんなら、またしてあげてもいいわよ？」

「あー……」

すっかり忘れていた過去を思い出す。半年ほど前、相馬がよろず屋に勤めていると知った隣人から、ストーカー撃退《げきたい》を頼まれた。幸運にも悪質《あくしつ》ではなかったのですぐに解決したのだが、その際、相馬は通常の料金とはべつに個人的に礼をされていた。ようするに、彼女に口で奉仕してもらったのだ。

断る理由がなかったとはいえ、隣同士でやめておけばよかったと後悔している。今日のように誘われるのももう四度目だ。

「明日も早いし、やめておきます」

おやすみと挨拶《あいさつ》をして、早々にドアの中へ身を入れた。スニーカーを脱いだ相馬は、短い廊下《ろうか》を歩く間に上着から袖を抜き、部屋に入ってすぐソファに放り投げた。

流しで手を洗い、買ってきた弁当を卓袱台《ちゃぶだい》に広げる。リモコンでテレビのスイッチを入れると、狭い１ＤＫに芸人の笑い声が響《ひび》き渡った。

左手に持ったリモコンでチャンネルを変える傍ら、右手の割り箸を動かす。ニュースにしてリモコンを手から離したあとは、黙々と弁当を口に運んでいった。

ここ数日、先日起こった通り魔《とおま》事件と不景気の話題がほとんどだ。厭《いや》な世の中になったもんだと飛鳥井はこぼすが、物騒《ぶっそう》な世の中だからこそ自分たちのようなよろず屋なんて商売も成り立つのだろう。

ペットボトルの茶を飲んだとき、なにげなくテレビから離した目を窓《まど》へとやる。朝、五センチほど開けてそのまま出かけ、閉め忘れていた。

割り箸を置いて尻を浮かせた相馬は、窓ガラスに映った自分の顔を観察する。いまどきのイケメンだと言ってくるのは、飛鳥井に限ったことではない。

目鼻立ちははっきりしているほうだ。奥二重《おくぶたえ》で鼻間部が高いせいでたまにハーフに間違われるときもあるが、もちろんちがうし、髪の毛先がややカールしているのはパーマを当てているわけではなく生まれつきのものだった。

小学校低学年の頃には顔の造りが出来上がっていると言われ、当時から長身でもあったので、バレンタインデーともなれば紙袋が必要なほどチョコレートをもらった。

中学、高校のときはバスケ一色の生活で、自校以外にもファンクラブがあったらしくチームメートからはモテて羨《うらや》ましいと言われていたが――相馬自身にはモテたという自覚はほとんどなかった。チョコレートはもらっても、告白された経験は二度だけだからだ。

当時のキャプテンなど半年で六回告白されたというので、モテたというなら彼のほうがよほどだろう。実際、社交的でリーダー資質のキャプテンだった。

——相馬くんって、ちょっと怖いよね。失言でもしたら途端《とたん》に冷たくされそう。

そう指摘されたのは、大学一年の頃だったか。

ようするに、性格が顔に表れているのだ。他人との親密《しんみつ》なつき合いは煩《わずら》わしいと、たとえ口には出さなくても表情や態度に出ていたとしてもなんら不思議ではなかった。

そのぶん人間に対しても物に対しても執着心《しゅうちゃくしん》は薄《うす》く、現に相馬の部屋には必要最低限の家具しかない。

テレビと卓袱台、ベッド。九年暮らして、それがすべてだ。

八畳の１ＤＫでそれ以上のものは必要なかった。造りつけのクローゼットの中の衣服も、季節ごとに三、四着もあれば十分だ。

以前、せっかくの容姿なんだからお洒落《しゃれ》のひとつもしてみろと飛鳥井に半ば強要されたものの、自分には不要だし興味もないのでいまだそのままだった。

窓を閉め、カーテンを引いてからふたたび卓袱台につく。弁当の残りを平らげながら、そういえばと左手の指を折って数えてみた。

「大学三年だったから——」

五本全部の指を折っていき、小指を立てる。

軽いノリのアルバイトのつもりだったのに、飛鳥井に誘われてからもう六年の年月がたっていた。

自分でも意外なほど続いているのは、性《しょう》に合っているからだろう。やたら女絡《がら》みの仕事を命じられるのは面倒だが、いまのところ辞《や》める予定はなかった。

弁当を平らげた相馬は、立ち上がるとゴミの始末をして翌朝すぐ出せるように玄関に置いた。たいして観ていなかったテレビを消し、バスルームに足を向ける。

明日は、紀野とともに早朝から近所の公民館の草毟《むし》りの手伝いだ。この際とばかりに力仕事も頼まれるため、翌日の筋肉痛は覚悟しなければならない。

身に着けていたシャツを脱いだ相馬は、自身の腹に手をやり、筋肉を確かめる。自分では変わらないつもりでも、筋肉痛になるということはバスケをしていた当時よりは確実に鈍っている証拠だ。

トレーニングでも再開してみるか。

そんなことを考えながら、足から抜いたボクサーパンツを洗濯機《せんたくき》に放り込んだ。

2

夕刻のオフィスビル街は一種異様な雰囲気だ。定時上がりのビジネスマンたちが高層ビルの玄関から一斉《いっせい》に吐《は》き出される様は玩具《おもちゃ》の兵隊を連想させ、自分はとても仲間にはなれないと、相馬は自身のジャケットとジーンズを見下ろした。

ビジネスマンになろうと思ったことはなくとも、社会からはみ出してしまったという自覚はあるので、多少なりともエリートに対する羨望《せんぼう》があるのかもしれない。あの飛鳥井ですらビジネスマンだった時期があるというのだから、なおさらだ。

黒いスーツを身に着けたエリート集団に圧倒されつつ、しゃがんで靴《くつ》ひもを結ぶそぶりでひとりひとりの顔を確認していく。

最初の集団の中に対象はいなかったが、第二陣の中に見つけた。

田之倉は、同僚だろう男と一緒に正面玄関を出てきた。

ガードマンに会釈《えしゃく》をする田之倉を目の隅で追いかける一方、昨日の今日でと呆れも湧《わ》き上《あ》がる。

樋口に会うのは週に二回程度だと妻の理恵から聞いている。たいがいは水曜日と金曜日だというのに、一日が待てなかったのか、木曜日の今夜も樋口と約束があると自宅に電話がかかったという。

――昨日も樋口さんと飲んだのにって言ったら、あのひと、今日は特別な相談があるからって……。悩み事なら私に話してくれるべきでしょう？　それなのに、あのひと、樋口じゃなきゃ駄目だって言ったんです。

理恵の怒りはもっともだ。ただでさえ疑心暗鬼《ぎしんあんき》になっているところに、浮気相手を優先するも同然の発言を聞けば誰でも腹を立てるだろう。真面目なのはいいが、嘘《うそ》も方便《ほうべん》という言葉を田之倉は知らないらしい。

いったいどんな相談をするつもりなのか、同僚と談笑している田之倉の表情は自然で、悩み事があるようには見えない。

立ち上がった相馬は、駅に向かうエリート集団の後方につけ、ぶらぶらと散歩でもするかのような気軽さを装《よそお》って田之倉の背中を追いかけた。

駅の構内に入ると、田之倉が同僚と別れる。同僚は上り電車、田之倉は下り電車のホームへと歩いていった。

田之倉から数メートルの距離を置いて、相馬もホームへ足を進める。ちょうどやってきた電車へと吸い込まれていくひとの波にまぎれて乗車した。

つり革《かわ》に摑《つか》まって立つ田之倉の横顔を、ドア付近からそれとなく観察する。特に変わった様子はないが、時折《ときおり》、自身の爪《つめ》を気にする姿が見られ、もしかして緊張しているのだろうかと推測《すいそく》する。

数十分ほど電車に揺られた田之倉が下車したのは、昨日と同じ駅だった。樋口の勤務するスーパーの最寄り駅だということはすでに確認済みだ。

どうやら昨夜《ゆうべ》と同じ屋台に向かうようで、駅を出たあと高架下《こうかした》を歩いていく。

エリートビジネスマンに屋台は不似合いだ。昨夜と同じ感想を抱いた相馬はいったん立ち止まり、田之倉が屋台の店主に声をかけながら椅子に座る様を一枚デジカメに収めてから、ふたたび足を踏み出した。

意識は屋台に向けたまま、間を空けるために近辺を一周したあと『やまや』と記された暖簾《のれん》をくぐる。

「いらっしゃい」

ぼそりと無愛想《ぶあいそう》な一声を耳にしつつ、左端に座っている田之倉からふたつ空けた右端の椅子に今夜も腰かけた。

「ビールとスジ肉の煮込みをください」

座ってすぐに注文した相馬とはちがい、今日も田之倉はなにも頼まず樋口を待っている。たいした純情《じゅんじょう》じゃないかと、最初は疑念《ぎねん》しかなかった相馬も徐々に絆《ほだ》されてきた。

いっそ告《こく》っちまえばいい。

樋口にしても三十半ばで女の気配が皆無なのだから、ゲイだという可能性はなきにしもあらずだ。しかも、男ぶりでいうなら田之倉のほうが断然上だろう。

などと、じれったい気持ちでテーブルに置かれたビールのグラスを鷲掴《わしづか》みにして、ぐいと呷《あお》る。心地よい喉越《のどご》しと舌《した》を刺《さ》す苦味を味わい、ゲップをしたとき、もうひとりの当事者である樋口がやってきた。

のんきに右手を上げて座る樋口を、田之倉は笑顔で迎《むか》える。

「悪かったな。急に」

やはり急な誘いだったらしいが、羊《ひつじ》を連想させるのんびりとした仕種で樋口は短い前髪を掻《か》き上げた。

「僕はどうせ帰ってもひとりだからいいけど、おまえ、奥さん大丈夫か？」

至極《しごく》当然の質問だ。家庭持ちが頻繁《ひんぱん》に外で飲むとなれば、誰でも夫婦関係が心配になる。

「ああ、おまえと一緒だとちゃんと伝えてある」

大丈夫だと言いたいのかもしれないが、いまのところ逆効果になっている。頻繁に会うせいで、妻は樋口との関係に疑いの目を向けているのだ。

「僕をダシに使わないでくれよ」

ははと冗談めかして笑う樋口に、田之倉も頬を緩《ゆる》める。おそらく、妻には見せたことのない笑顔にちがいない。

「それで、今日はどうしたんだ？」

麦焼酎の水割りを飲む傍ら樋口が水を向けたので、どんな小さな声も聞き逃《のが》すまいと耳をすませる。

「どうっていうか――あとでおいおい話すよ」

が、自分から呼び出しておいてよほど切り出しにくいことなのか、田之倉ははぐらかすと、昨日同様他愛のない話を肴《さかな》に飲み始める。

しばらく聞き耳を立てていた相馬が、どうでもいい内容に退屈《たいくつ》し始めた頃、

「河岸《かし》を変えないか」

やけに唐突《とうとつ》に田之倉が樋口を誘った。ここからが本題なのだろう。

「いいけど、おまえが好むようなお洒落なバー、僕は苦手だから」

多少酒が回ってきたのか、赤い顔をした樋口が面倒《めんどう》そうに答える。やはり屋台は樋口の希望で、田之倉の好みはバーだったかと自分の予想が正しかったと知る。

「べつにお洒落なところじゃないよ。むしろ気楽で落ちつく店だ」

どうあっても移動したいらしい田之倉に対して、頰杖《ほおづえ》をついた樋口はあまり乗り気ではなさそうだ。まっすぐ前を見て飲んでいた相馬は、ちらりと視線をふたりへと向けた。

「――――」

次の瞬間、樋口と目が合う。どきりとしたが、すぐにそらすような不自然な真似《まねさ》を避け、軽く目礼した。

樋口がへらりと頰を緩める。

「僕はここが落ち着くなあ。ほら、最近じゃ彼みたいな格好《かっこ》いい子だって屋台で飲むんだよ」

若くて格好いい子というのは、どうやら相馬のことのようだ。接触する気はなかったものの、狭い屋台で無視するより適当に応じたほうが自然なので、若者らしくフランクに接する。

「気楽に飲みたいときはいいですよね。財布に優しいですし」

実際は、プライベートで飲みに行く機会はほとんどなかった。飛鳥井や紀野と飲みたいとは思

わないし、賑《にぎ》やかな酒の席自体そう好きではなかった。

相馬が飲みの席につくのは、もっぱら仕事関係だ。

「わかってるなあ。おじさん、嬉《うれ》しくなっちゃうな」

上機嫌の理由は、昨日よりグラスを重ねたからだろう。田之倉が相談事を切り出さないせいで、すでに二時間近くたっていた。必然的に酒量が増えたのだ。

「樋口、行こう」

急《せ》いた様子で立ち上がった田之倉は、すっかり腰の重くなった友人の腕を引く。

「なんだよ」

渋々《しぶしぶ》勘定をすませた樋口はもともと人懐《ひとなつ》っこい性格なのか相馬に手を振って、田之倉に促《うなが》されるまま屋台を離れて行った。

「おや。きみ、今日も来てるの?」

意外と言いたげなニュアンスで声をかけてきたのは、昨日も同席した男だ。彼こそお洒落なバーでワインでも傾けていそうなのに、と思ったことはさておき、自分の外見はつくづく尾行には向いていないことを実感する。帽子や眼鏡を駆使《くし》しても、身長があるせいか周囲に溶け込むのは難しかった。

「もう帰るところです」

一言だけでバッグから財布を取り出し、代金を置いてすぐさま田之倉と樋口の姿を追いかける。駅に向かったふたりは、今日は同じ電車に乗った。背中を向ける形でつり革に摑まった相馬は終始気配を窺《うかが》いながら、三駅ほどで降りた彼らのあとを数メートル遅れてついて行った。

人々でごった返している繁華街《はんかがい》を抜け、横道に入っていく。この時点で田之倉の行き先に見当がつき、ベタなやり方だと内心でため息をこぼした。そこからまた路地に一歩足を踏み入れると、さっきまで目に眩《まぶ》しいほどだったネオンが消え、急に周囲が薄暗くなる。人通りも一気に減って閑散《かんさん》とした印象すら受ける。
二、三百メートルしか歩いていないのに、まるでちがう場所に来たようだ。
「……いよいよか」

いや、事実別世界と言っても過言《かごん》ではなかった。仕事絡みで一度この場所に来たことがある相馬の脳裏に、そのときの出来事がよみがえる。

失踪《しっそう》した兄を捜《さが》したいという女性からの依頼だったが、兄がオネエになっていたという結末は彼女にとって耐《た》えがたいものだったらしく、一目見るなりすぐに店を出ていった。反して、相馬は一瞬逃げ遅れてしまった。

あげく女装した男に抱きつかれ、衣服まで奪われかけて大変な目に遭《あ》った——田之倉が樋口を連れてきたのは、そういう場所だ。いわゆるハッテン場と呼ばれる界隈《かいわい》に足を踏み入れていた。

樋口はまだなにも気づいていない様子だ。田之倉と肩を並べて歩く足取りは軽い。

「貞操《ていそう》の危機だぞ」

先刻、とろりとした目を向けられた際のことを思い出し、思わず警戒心の薄い樋口への忠告《ちゅうこく》が口をつく。見ず知らずの他人にすらあれほど親しげな笑みを見せるくらいだ。田之倉にどんな表情を向けているか、想像するまでもない。もっとも友人を警戒《けいかい》しようなんて誰も考えないはずだから、樋口を責めるのはお門違《かどちが》いだ。

と、わかっていても、もっと注意しろと言いたくなる。田之倉の肩を持っているわけではなく、いい歳をして樋口があまりに無防備《むぼうび》だからだ。

けっしてお節介《せっかい》な性質ではない自分がつい心配になるのだから、樋口自身の問題だろう。

「──面倒くさいひとだな」

舌打ちをした相馬は、デジカメを片手にこの後の展開を予想して暗鬱《あんうつ》となった。

いくら鈍い男であっても、ここがどんな場所なのか間もなく気づくはずだ。となれば、自分を邪《よこしま》な目で見ている男と長年友人でいたことにショックを受けるのは間違いない。その後は腹を立てて詰《なじ》るか、素知《そし》らぬふりを決め込むかして早々に別れ、以降はフェードアウト。それがもっともオーソドックスなパターンだろう。

修羅場《しゅらば》だけは勘弁《かんべん》してくれと、いっそう気を引き締めた相馬の前でふたりが足を止めた。目の前のビルに入るらしい。
二、三言会話をしたあと、階段を使って地下へと消えていく。バッグから黒いキャップを取り出した相馬は、それを目深《まぶか》に被《かぶ》った。
相馬が持ち歩いているバッグの中には、キャップとサングラス、伊達眼鏡《だてめがね》、替えのTシャツが入っている。目立つ容姿をカバーするための必需品《ひつじゅひん》だ。

いったん上着を脱ぐと、裏返して身に着けた。生成《きな》りの上着が途端に黒い上着に変わる。周囲に溶け込むのは難しくとも、衣服までチェンジすれば同一人物だと気づかれにくくなる。

ふたりの向かった地下に下りた相馬は、三軒ほどある店の中から、もっともまともな店名を掲《かか》げている店を選んでドアを開けた。

「いらっしゃいませ」

どうやら、以前相馬が襲《おそ》われたゲイバーとは一線を画《かく》する店らしい。店の雰囲気は悪くないし、スタッフも一般的なギャルソンスタイルで給仕している。

カウンター席とテーブル席が五つほどのこぢんまりとした店だ。オーナーの趣味なのか、壁には往年の女優のポスターが飾られている。ぎりぎりまで絞《しぼ》られた照明と黒いテーブルのせいで店内はやけに暗く感じるが、目が慣れてしまえば許容範囲だった。

最悪のケースを想定していたので内心ほっとしつつ、相馬はカウンター席に座って今日二杯目のビールを注文する。

田之倉と樋口は、右斜め後ろのテーブル席に座っていた。

なにやら田之倉は真剣《しんけん》な面持《おもも》ちで喋《しゃべ》っている。樋口のほうはウイスキーを舐《な》める傍ら、時折頷《うなず》くだけだ。

どんな話をしているのか相馬の位置からは聞こえないが、こういう店に連れてきた理由——言い訳を並べているのだろうとふたりの様子から察せられる。

いくら雰囲気は普通に思えても、客が男ばかりという時点で普通ではない。しかも、あちこちで親密そうに身体を寄せ合っているのだ。

「おひとり?」

ふいに声をかけられ、相馬は視線を隣へ向けた。

一見、普通の男に見える。だからと言って油断するつもりはない。

「いや、連れを待ってる」

素《そ》っ気《け》ない態度で応じると、芝居《しばい》がかった仕種で肩をすくめて男は離れていった。が、すぐにまた声をかけられる。こんな調子では、おちおち監視《かんし》もできない。

どうしようかと思案していると、樋口がふらりと立ち上がった。彼が足を向けたのはトイレだ。一緒に行こうとした田之倉を断り、ひとりで歩きだした樋口のあとに相馬も続く。ゲイバーのトイレがどういう場所なのか、前回、厭《いや》というほど学んでいたからだ。

用を足している間、横からも後ろからも熱っぽい視線を感じた。視線だけならまだしも、卑猥《ひわい》な言葉を口にしながら股間《こかん》に触ってこようとする者もいた。

相馬は自力で逃げられたが、樋口ではそうもいかないだろう。

トイレのドアを開けると、鏡越《かがみご》しに樋口と目が合った。酒のせいで顔は赤くなっているが、思いのほかしっかりした目つきをしている。

顔を洗っていたのか、樋口はハンカチで拭《ふ》きながら困惑《こんわく》した表情で小首を傾げた。中年男には不似合いな可愛らしい仕種だが、不思議と変ではない。どこか摑みどころのない樋口にはマッチしている。

「きみ、ここがどんなところなのか知ってた?」

キャップのツバをいっそう深く下した相馬は、まあ、と曖昧に返す。

「そうか。じゃあ、きみもゲイ？」

ストレートな質問だ。どう答えようかと迷《まよ》ったのは一瞬で、この場に相応《ふさわ》しい言葉を口にする。

「じゃなかったら来ませんよ」

相馬の返答に、そっかと樋口は眦《まなじり》を下げた。

「そうだよね。そうじゃなかったらここに来ないよね」

思案顔になる樋口に背中を向ける形で便器の前に立つと、他に誰もいないことを確かめてからジーンズのジッパーを下し、小用を足しながらさりげなさを装って水を向ける。

「あなたはちがうんですか？」

ちがうと、友人に連れてこられたと、否定するだろうと思っていた。しかし、相馬の予想に反して、どうかなと樋口はまた小首を傾げた。

ゲイだと答えた相馬を気遣っているのかとも思ったが、そうではなかった。

「はっきりちがうとも言えないんだよ。じつは同性に告白されたことが二度ほどあるんだ。自分にはその気はないつもりでも、深層心理《しんそうしんり》的ななにかがあるのかもしれない――なんて思ってね」

ゲイでもない男が男に告白されても、普通は嬉しいどころか迷惑《めいわく》なだけだ。

「断ったんですか？」

この問いかけは、単に興味からだった。

どこから見ても平凡《へいぼん》な中年男の樋口が、男に言い寄られるという事実に少なからず驚《おどろ》いている。

樋口自身は二度と言ったが、田之倉を入れれば三度なのでかなりの高確率と言える。そこまで同性に好かれるとなれば、確かに明言しにくいだろう。

「あ、うん。断った。同性だからっていう以前に、好きじゃなかったから」

いや、おかしいだろ。

相馬は心中で突っ込みを入れた。ゲイでないなら普通は逆だ。「好きじゃないという以前に、同性だから」と言うべきなのだ。

ジーンズの前を直すと、手を洗おうかどうか迷う。洗うためには樋口に近づかなければならない。さっき屋台で会話を交わしてしまったので至近距離で顔を合わせるのはまずい。それとも、鈍そうだから大丈夫か。

「大変でしたね」

安全を期して洗わないことに決め、一言だけですぐにトイレを出ようと半身を返した。

「きみ」

直後、樋口に呼び止められる。

「手を洗うのを忘れてるよ」

「――――」

いらぬお節介《せっかい》を――とは言えず渋々相馬は向きを変え、樋口の傍に歩み寄る。

あんまりじっと見るなよと祈るような気持ちで蛇口《じゃぐち》に手をやったとき、外からドアが開いた。

同時に、

「樋口」

と呼ぶ声が聞こえてきた。田之倉だ、と思った瞬間、相馬の腕は強い力で引っ張られていた。

狭い個室に連れ込まれ、樋口と向かい合う格好で密着した相馬は、なぜと視線で樋口に問う。

樋口は右手を顔の前で立てて、謝罪の意思を示す。勢いで相馬を道連れにしてしまったらしいが、隠《かく》れること自体わからない。

「樋口、気分でも悪いのか？」

なかなか戻ってこない樋口を案じているのだろう、田之倉が心配そうな声を聞かせる。

よもや個室に入っているのが樋口ひとりではないなんて、思いもしていないはずだ。

「あー……なんでもない。最近便秘《べんぴ》ぎみだったんだ。すぐに戻るから待っててくれないか」

樋口はそう言ったかと思うと、レバーを押して水の音を響《ひび》かせる。

ドア越しにも田之倉の躊躇《ためら》いが伝わってきたが、結局、わかったの一言でトイレを出て行った。

「なんで隠れたんです？　連れなんでしょう？」

ふたたび静まり返ったトイレで、樋口を前にして相馬は妙に落ち着かない気分になる。どうしてなのか、その理由にすぐに気づいた。

匂《にお》いだ。微《かす》かに甘さを含《ふく》んだ清潔《せいけつ》な匂いが、相馬の鼻をくすぐってくる。

「そっか。隠れることなかったな。どうしてだろう。反射的に個室に入ってしまった。きみまで道連れにして、ごめん」

樋口が首を横に振ると、その匂いは強くなる。どうやら樋口自身から香ってくる匂いのようだが——どこからだろう。

いっそう居心地が悪くなった相馬は、個室から出ようと靴先をドアへ向けた。

「あ」

なぜか樋口が一緒にくっついてくる。身を退こうにも、相馬が動いたぶんだけ樋口も寄ってくるのだ。

「……離れてくれませんかね」

いったいなんだと眉をひそめた相馬は、身体を捩《よじ》って樋口から距離を置こうとした。

「う……っ」

しかし、小さく声を上げた樋口がまた相馬の胸元にぴたりと頭を触れさせてくる。そのたびに匂いがして、いっそ突き放したい気持ちになったものの、痛いという樋口の言葉に動きを止めた。

「ごめん。離れたくても、髪がきみの釦《ぼたん》に引っかかったみたいで」

まさか漫画みたいな展開になっているとは思わなかった。過去に合コンで経験したが、そのときは明らかにわざとだった。

「本当にごめん。こんなおじさんにくっつかれたんじゃ、厭だよな。歳取るとさ、髪がぱさぱさになって絡みやすいんだ」

樋口がわざと髪を引っかける理由はない。その証拠に、ひたすら謝罪しながら焦《あせ》って自分の髪を摑んで強引に引っ張ったものだから、しっかり釦に巻きついてしまった。

「そんな乱暴にしたら駄目です。手、退《ど》けて」

ため息を押し殺した相馬は、渋々樋口の髪に手をやった。絡んだ髪を解《ほど》きながら、匂いに気を取られないようにするために田之倉のことを切り出す。

「深層心理の話ですけど、さっきのお連れは深層心理って感じじゃなさそうですよ？　あなたに気があるんじゃないですか？」

少しは警戒心を持ったほうがいいと、忠告のつもりだった。しかし、その必要はなかった。

「……やっぱりそう見えるかな」

少しも驚かず、樋口は苦笑いを浮かべる。意外なことに田之倉の気持ちに気づいていたようだ。

「できるだけふたりきりにならないように、飲みに行くのもオープンな場所を選んでるんだけどね。友だちだから、今後もつき合っていきたいし」

樋口の本音だろう。

相馬は、自分の勘違いを悟《さと》った。樋口は、ただ無防備で鈍い男などではない。田之倉のために、田之倉と友人関係を続けるために鈍いふりを装っているのだ。

「無理でしょう」

いくら樋口がそうしたくても、田之倉は樋口を友人以上に思っているのだから、このまま友人としてうまくやっていけるはずがない。ふたりの気持ちに温度差がある以上、早晩友人関係は破《は》綻《たん》する。

「もっとも、あなたが彼に応えるなら話は別でしょうけど」

「それは――難しいな」

当然の返答だ。どれほど仲のいい友だちであろうと、いや、仲のいい友だちだからこそ恋愛感情は抱けない。

樋口が眼鏡を外《はず》し、ハンカチでレンズを拭《ふ》き始めた。

意外に長い睫毛を、相馬は間近で見る。

やはりごく普通の男だ。不細工《ぶさいく》というほどでもなく、目鼻立ちが整っているというほどでもない。なにより地味《じみ》だ。

強《し》いていいところを言うなら、髭《ひげ》が薄いのか、中年にしては剃《そ》り跡《あと》が目立たず滑《なめ》らかな肌をしていることくらいだろう。

「そんなことより」

眼鏡をかけ直した樋口はそう前置きすると、キャップのツバを覗き込むようにして目を合わせてきた。

じっと見つめてしまっていた相馬はいきなり視線が合い、知らず識らず眉根《まゆね》を寄せる。ふいと顔をドアへ向けたが、ここまで近づいてしまった以上ごまかすのは難しかった。

「きみとここで会ったことのほうが僕としては驚きなんだけど」

多少身に着けるものを変えたところで、屋台で話をしたのだから面と向かえば気づかれるのはしようがない。そもそも相馬の容姿は尾行《びこう》には不向きなのだ。

しかし、重要なのは気づかれたという事実ではなかった。

「きみ、目立つからすぐにわかった。カウンター席に座っているのを見て驚いたよ。きみみたい

な格好いい子がこういうバーに来るなんてって──あ、いまのは差別的発言だった。すまない」

頭を下げた樋口の頭頂部を見つめながら、相馬の中で樋口に対する印象が変わる。安穏とした雰囲気には、年齢相応の思慮《しりょ》深さすら感じられた。

とっくに気づいていたのにふたりきりになるまで切り出さなかったのも、たとえ反射的だったとはいえ田之倉が入ってきたときに個室に逃げ込んだのも、ちゃんと理由があったのだ。

田之倉に知られれば、今後屋台で顔を合わせたときに気まずい雰囲気になるのは必至《ひっし》だろう。田之倉は間違いなく相馬を樋口に近づくライバルだと認識するはずだし、否定するには付き纏《まと》う理由を話す必要がある。

「外れました」

相馬は樋口の髪から手を離して身を退くと、キャップを被り直した。

「連れの方は──あなたになにか言ってほしくて、今夜こういう店に連れてきたのかもしれませんね」

樋口が気づいてないふりを装っていることを、長年の友人である田之倉は気づいているにちがいない。そう思えば、いいかげんはっきりさせたいと行動に出る気持ちも理解できる。

今後どうするつもりなのかと問おうと口を開いたとき、いきなり隣の個室から妙な声が聞こえてきた。あ、あ、と吐息《といき》とともに漏《も》れ聞こえる声は、隣がなにをしているのか、疑問に思う余地もなかった。

「ほら、もっとケツ締めろよ」

直截的《ちょくせつてき》な言葉に、

「あぁぁ、やぁ」

ひと際《きわ》大きな喘《あえ》ぎ声《ごえ》が続く。肉のぶつかる音に、濡《ぬ》れた音が混じり、相馬は顔をしかめた。

気まずい空気が流れる。

「あ……出ようか」

眼鏡を指で押し上げた樋口が決まり悪そうにドアノブに手をかける。不快《ふかい》に思っているのかと思えばそうではなく、他人の喘ぎ声くらいで恥ずかしがっているようだ。耳まで赤く染まっているのが見て取れた。同時に、樋口の甘い匂いが強くなったような気がするのは、けっして勘違いではないはずだ。

つい鼻を近づけたくなるような匂いを無視できず、個室を出たあと、さりげなさを装って水を向ける。

「樋口さん、なにかつけてます？」

手を洗いながら、樋口が肩越しに視線を投げかけてきた。

「つけてるって？」

「だから、コロンとか整髪料とか」

てっきり肯定が返ってくるかと思っていたのに、樋口はいっそう赤面《せきめん》し、慌《あわ》てた様子で自身のスーツの肩口に鼻先を埋《うず》める。何度も左右に頭を動かしたあと、すがるような目で相馬を見てきた。

「僕、臭いかな」

よほどショックなのか、この程度で狼狽《うろた》える。

「加齢臭《かれいしゅう》？　自分じゃわからなくて」

「――いや」

おっさんが恥じらう姿など見たくもない。と思うのに、相馬はなぜか自分でも戸惑《とまど》うくらい動揺し――もちろん顔には出さないが――なんとも言えない心地になる。胸の奥を指先でくすぐられているかのようとでも表せばいいのか。うっかり樋口が可愛く見えてしまったことが相馬には衝撃《しょうげき》で、すぐに言い繕《つくろ》った。

「ちがいますよ。臭いわけじゃないです。甘い匂いがしたんで、なにかつけてるのかと思っただけです」

だが、口にしたあとで悔《く》やみ、ちっと舌打ちをする。いまのは樋口を慰《なぐさ》めるためというより、自分に対する言い訳みたいだった。

唇を結んだ相馬はドアへ足を向けた。

「そんなこと初めて言われた」

トイレを出る間際《まぎわ》、目の隅にまた自身の肩口を嗅《か》ぎ始める樋口の姿が入ってきたとき、やはり同じ感覚に襲われてしまった自分が信じられなかった。

一瞬であっても中年男を可愛いと思うなど、どうかしている。

カウンター席に戻ると、なんとか頭を切り換え、じれったそうに樋口を待っている田之倉を窺う。トイレから出てきた樋口を見た途端にあからさまにほっとした顔になる田之倉に関しては、普通にいい奴じゃないかと思う。自身の気持ちを抑えて何年も友だちとして接してきたのだから、我慢《がまん》強い男でもあるだろう。

妻は不運だったとしか言いようがない。

ふたたびテーブルで向かい合ったふたりは、どこかぎくしゃくした雰囲気でその後三十分ほど過ごす。その間、また何人かの男にこなをかけられた相馬だが、すべて無視してふたりを視界の隅に捉えながら、今日三杯目のビールを飲んだ。

どういう会話がされたのか、結局、何事もなくその日もふたりは別れる。少なくとも田之倉が友人という立場に満足していないのは明らかなので、明日以降に期待するしかない。

その後も、妻から聞いていたとおり週に二度、水曜と金曜に田之倉と樋口は会った。場所は、周囲から見渡せる場所――『やまや』だ。

樋口が断っているのか、田之倉が戦法を変えたのか、ゲイバーに行ったのはあのとき限りで、これまでどおり一、二時間屋台で一緒に飲むと必ず駅の前でふたりは別れた。

二週間、田之倉を尾行し、離れた場所から見張っていた相馬は妻の早合点《はやがてん》と結論づけた。

「これがすべてです」

応接スペースで、依頼主である田之倉理恵と向かい合い、写真と詳細を記した調査報告書をテーブルの上に並べる。黙って相馬の話を聞いていた理恵は、憮然《ぶぜん》とした表情でそれらに目を落とした。

「信じられないわ」

理恵が納得していないのは表情を見ればわかる。けれど、こちらも「ない」ものを「ある」とは報告できない。

「ご主人と樋口さんは屋台で飲んで、まっすぐ帰られてますよ。一度だけ、バーにも行かれましたが、そこでもふたりで飲んだだけで、奥さんが思われているようなことはまったくありませんでした」

「バー」が「ゲイバー」だったことは故意《こい》に伏《ふ》せる。飲んだだけというのは事実だし、言っても話をややこしくするだけだ。

「じゃあ、たまたまこの二週間がそうだったのよ。なにもないなんて……絶対あり得ない。あのひとと樋口さん、普通じゃないの」

語気を荒らくする理恵に、心中でため息をこぼす。ひとつの答えしか求めてないので、どれほど調査したところで無駄《むだ》にしかならない。自分の思いに反する結果を受け入れるつもりはまったくなさそうだ。

「この二週間で、ご主人が樋口さんと会われたのは五日。なにもおかしいところはなかったです。それ以外の日はまっすぐ家に帰られてますし、真面目ないいご主人だと思いますが」

実際、田之倉は真面目な男だ。強硬手段《きょうこうしゅだん》に出たとはいっても、せいぜいがゲイバーに連れて行く程度のことだった。

俯《うつむ》いたままの理恵が、両手でハンカチを握《にぎ》り締《し》める。いいかげん信じてやればいいのにとうんざりし始めた頃、ふいにその顔が上がり、相馬を見据《みす》えてきた。

「うちに――盗聴器《とうちょうき》をつけてくれませんか？」

「はい？」

盗聴器を撤去《てっきょ》する仕事なら何度か経験がある。犯人は元彼だったり旦那だったり、たいがいは身近な人間なのだが――つけてくれと言われたのは初めてだ。

「盗聴器をつけてもらって、私が留守をします。今度の土曜日、同窓会を理由に一泊すると言えば、主人はきっと樋口さんを誘うと思います」

「――――」

呆れるあまり、すぐに返答できない。

理恵は自分の疑いを真実にしたいがために、冷静な判断力を自《みずか》ら放棄《ほうき》してしまっている。

「できませんよ。盗聴は犯罪《はんざい》ですから」

犯罪に加担しないというのは飛鳥井よろずサービスのモットーだが、過去に盗聴の経験がまったくないかといえば――否だ。依頼者からの強い要望があって盗聴器をしかけたことが一度ならずあった。

しかし、いずれの場合も、相手からDVを受けている等の身の危険が伴う場合だった。それがきっかけとなり、相手から離れられたケースもある。

「お金ならいくらでも出します。今回だけ、一回だけですから、お願いします。もしおたくでどうしても受けてくださらないなら、他へ行きます」

理恵からは強い意志が伝わってくる。言葉どおり、いまここで相馬が固辞《こじ》したところで他の会社に依頼するだろうことは明らかだった。

「なら、そうしてください」

今後はどうしようと理恵の自由、駄目なものは駄目だと、相馬は一言言い放つとソファから腰を浮かせた。しかし、立ち上がる前に両肩に重みがかかり、ふたたびソファに尻を沈《しず》めることになる。

相馬の両肩には、飛鳥井の手があった。

「わかりました。お受けしますよ」

にこにこと愛想《あいそ》笑いで飛鳥井が了承する。

「ちょ……っ」

反論しようとした相馬だが、尋常《じんじょう》ではない握力《あくりょく》で両肩を摑まれ、食い込む指の痛みに思わず呻《うめ》く。

「本当ですか」

「ええ、もちろん。依頼主のご希望に応えるのが仕事ですから。ただ、盗聴となると例外中の例外ですし、こちらもリスクを負うことになるので少々代金のほうが――」

「大丈夫ですわ」

痛みに顔を歪《ゆが》める相馬を無視して交わされる会話に、口中で毒づく。なにが犯罪行為はご法度《はっと》だ。結局、金払いのいい客の依頼だと、その主義すら変えてしまうのだ。

「では、詳細の打ち合わせをしましょうか」

そう言うが早いか、飛鳥井は相馬を右手ひとつで追い払う。むっとした相馬は不快感をあらわにして立ち上がると、ソファを飛鳥井に譲《ゆず》った。

「相馬くん。田之倉さんにコーヒーを淹《い》れてさしあげて」

満面《まんめん》の笑みで命じられ、不承不承《ふしょうぶしょう》ミニキッチンへ足を向ける。横暴《おうぼう》な所長への抗議はもとよりたっぷりするつもりだった。

理恵と飛鳥井の分、ふたつコーヒーを淹れて応接スペースに戻る。テーブルにカップを置く相馬の耳に、盗聴器を仕掛けるタイミングと場所の相談が聞こえてきた。

「リビングと寝室。あとは念のため、バスルームにも準備しておきましょうか」

飛鳥井の提案に、理恵が頷く。

「同窓会のハガキはこちらで用意するので、今夜、さりげなくテーブルに置いておいてください。『行きたかったけど、あなたに言うのを忘れていたから今回は断るつもり』だと、いったん退いてみせるのもお忘れなく」

三文芝居の筋書《すじが》きを教授《きょうじゅ》していく飛鳥井と、真剣な面持ちで相槌《あいづち》を打つ理恵にはほとほと呆れる。これでは、亭主の浮気調査ではなく、浮気をそそのかしているも同然だ。

「癒されない」と言っていた田之倉の言葉を思い出すと、いっそこれをきっかけに別れたほうが幸せなのではないかという気にすらなった。

「ああ、もちろん残念そうにですよ」

飛鳥井が、テーブルの上のメモ用紙に理恵から聞きだした部屋の間取りを書き入れながら、左手でカップを手にする。

相馬の淹れたコーヒーをごくりと一口飲んだ途端に右手のペンを放り出すと、激しく咳《せき》込み始めた。

「大丈夫ですか?」

理恵が不安そうに声をかける。

「だ……だいじょ……っ」

じつに古典的な嫌がらせだが、大量の塩入りコーヒーを飲んだ飛鳥井が身体をふたつに折って咳をする姿に満足して、ミニキッチンへと足を向けながら相馬はこっそり舌を出した。

「慌てるからですよ」

金に目が眩《くら》んでうまい話に飛びつくからだと、言外に皮肉《ひにく》を込める。睨まれたところで涙目ではいつもの威厳《いげん》の半分もない。

「し、失礼、しました」

なんとか咳がおさまると、大きく息をついた飛鳥井は何事もなかったかの様相で計画の続きを練《ね》り始める。浮気調査において妻がわざと留守をするのはオーソドックスなやり方だが、浮気をしている、もしくは浮気をしようとしている夫には効果的だというのは、相馬もわかっていた。

だが、今回ばかりは気乗りしない。

浮気の真偽《しんぎ》を確かめるためならまだしも、田之倉は完全に潔白《けっぱく》なのだ。

「あとは我々に任せてください。当日は、外でうちの所員がスタンバってますから」

飛鳥井の言葉に、理恵が一礼する。

「よろしくお願いします」

安心した様子で帰っていく理恵をわざわざドアを開けて見送った飛鳥井は、くるりと振り返った途端に鬼《おに》の形相《ぎょうそう》になった。

「てめえ、いいかげんにしろよ」

相馬の正面につかつかと歩み寄り、目線を合わせ、まるでゴロツキも同然の柄《がら》の悪さを発揮《はっき》して威嚇《いかく》してくる飛鳥井に、少しも悪いとは思っていないものの頭を下げる。

「すみませんでした」

棒《ぼう》読みの謝罪に、飛鳥井の顔がずいと近づいてきた。

「ったく、いつもすかしやがって。おまえ、俺が上司ってことを忘れてないか？」

唾《つば》がかかりそうなほど間近で注意され、相馬はそれとなく顔をそらした。

「忘れてないから、渋々でも従ってるでしょう」

なんのかの言ったところで、うちのような零細《れいさい》企業でもひっきりなしに仕事が入ってくるのは、飛鳥井の手腕によるところが大きい。

飛鳥井は顔が広いし、何事に対しても決断が速い。今回の盗聴に関しても、他社に仕事を奪《うば》われるくらいなら自分のところで最後までやったほうがいいと判断し、承知したのだろう。

この商売が綺麗事《きれいごと》だけではやっていけないと相馬も熟知《じゅくち》している。だからこそ、自制心は大事だ。コーヒーに塩を入れる程度の抗議は、許してもらわなければ困る。

「ならいい」

飛鳥井があっさりと退く。

「紀野、おまえ、同窓会のハガキ作っとけ」

いつの間に猫探しから戻ってきていたのか、隅っこでパソコンと睨めっこしていた紀野に声をかけると、飛鳥井自身は事務所を出ていった。

「はあ」

いつもどおり、返事だかため息だかわからない返しで応じた紀野はソファに腰かけ、同窓会のハガキを作り始める。

相馬はテーブルの上に放置してある、さっき飛鳥井が書いていたメモを拾い上げると、今回の件にはやはり乗り気になれないことを改めて実感する。

いつもは飛鳥井の指示ならしようがないと頭を切り換えられるのに、後ろめたさが拭《ぬぐ》えない。

このまま友人でいたいという樋口の思いを踏《ふ》み躙《にじ》る結果にならなければいいと思いつつ、メモを飛鳥井のデスクに置いた。

「こんなハガキ一枚で引っかかるんですかね」

キーボードを叩く傍ら、紀野がくだらないとでも言いたげにぼそりとこぼす。

これが案外引っかかるから面倒なんだ、と心中で答えた相馬は鬱々《うつうつ》とした心地のまま、カップを洗うためにミニキッチンに立った。

＊＊＊

勤務を終えてから一時間ほど過ぎた頃、店内から聞こえる客の声をBGMに、樋口はバックヤードの隅でひとり缶《かん》コーヒーを飲む。煙草をやらない樋口にとっては、仕事から解放された直後の缶コーヒーが至福《しふく》の時間だ。

スーパーとディスカウントショップとの境目《さかいめ》が曖昧になり、安さを競う傾向にある昨今だが、値段を落とすのにも限界がある。樋口が店長を務めるスーパーは、他ではなかなか手に入りづらい食材を扱《あつか》うことで他店に対抗している。特に野菜は産地直送にこだわっていた。大成功とは言いがたいが、去年の同時期より売り上げを伸ばしているのでよしとすべきだろう。

午前九時から零時、年中無休。地元民に愛されるスーパーを目指し、スタッフは日々努力している。

ぐいと残りのコーヒーを呷ったとき、ポケットの中の携帯電話が震えだした。手に取って確認してみると、かけてきたのは田之倉だった。一瞬、出ようかどうしようかと迷い、通話ボタンを押す。

『なにしてた？』

開口一番の問いかけには、まだ店だと答える。

「終わったばかりで、くつろいでいたところだよ」

『そうか。遅くまで大変だな』

いつも通り、労《ねぎら》いの言葉がかけられる。長いつき合いの友人たちの中でも、田之倉は人一倍気の回る男だし、いい奴でもある。だからこそ樋口もずっとこのままつき合っていけたらと思っていたのだが。

「どうしたんだよ」

歯切《はぎ》れの悪い田之倉に、ことさら軽い口調で水を向ける。

しかし、先日の件が尾を引いているのは間違いなかった。

あのとき、樋口はあえて普通に振る舞おうと、ゲイバーだと気づいていないふりをした。近くのテーブルで男同士がキスし始めたときはなんの余興《よきょう》だと田之倉に聞いたし、変な店だなあと笑ってみせたりもした。

おそらく田之倉は話のきっかけにするつもりでゲイバーに誘ったのだろう。平然と躱《かわ》した樋口に、どこかほっとしたような、半面、寂《さみ》しそうな笑みを見せたのだ。

『これから空《あ》いてるか？』

いつもの誘い文句が耳に届く。

即答《そくとう》を避《さ》けた樋口は、腕時計に目を落とした。

午後九時十五分。今日は土曜日だ。

「おまえねえ。休みの日くらい家庭サービスしなきゃ駄目だろ。美人の細君《さいくん》に捨てられても知らないぞ。ていうか、僕が奥さんに嫌われてしまうじゃないか」

冗談めかして言い、笑う。

普段なら合わせてくれるのに、今日は携帯の向こうから笑い声はしなかった。

『そのことで話がしたいんだ』

田之倉の声音《こわね》は真剣そのものだ。

相談したいことがあると先日も田之倉は言っていた。ゲイバーでは有耶無耶《うやむや》になり、結局なにも聞かないまま別れたが——田之倉の相談は夫婦関係についてらしい。

「僕は……結婚したことないから、アドバイスできるかどうか」

おそらく自分も関係しているのだろうと、樋口はこめかみを押さえつつ田之倉に返事をする。

『理恵もおまえに聞いてほしいと言ってる。頼む。いまからうちに来てくれないか』

「うちに——って」

まさか、と耳を疑った。いくらなんでも田之倉のうちで細君を交えてなんて——想像するのも恐《おそ》ろしい。だが、田之倉は本気のようで、黙って樋口の返答を待っている。

田之倉と細君、そして自分の三人が対峙《たいじ》する場面を思い浮かべた樋口は、背すじにひやりとしたものを感じた。

田之倉はどういうつもりなのか。

それとも、樋口が邪推《じゃすい》しているだけで、単なる夫婦間に関することだろうか。いや、そうに決まっている。でなければ、細君は樋口が自宅へ来ることを拒《こば》むはずだ。

「——深刻《しんこく》な話なのか？」

予防線を張ると、田之倉がふっと声音をやわらげた。

『そんなんじゃない。じつは、外で飲まれるより家に連れてきてもらったほうがいいってうちの奴が言うから。相談があるのは本当だけど、軽い気持ちで来てくれ』

「でも、日を改めたほうがいいんじゃないか。こんな遅くから奥さんに迷惑だよ」

九時十八分。これから向かうとなると、着くのは十時になってしまう。よそ様の家を訪問していい時刻ではない。

『いいって。俺とおまえの仲で水くさいぞ』

束の間《つかのま》、田之倉の言葉の意味を考える。

細君を交えて飲むなどなんの冗談かと思ったが、自分にその気はないと示すいいチャンスのような気がしてくる。もしかしたら田之倉にしても細君を安心させたいという意図《いと》があるのかもしれない。

田之倉が結婚したのは三年前だ。部長の姪《めい》に見初《みそ》められたと聞いたときには、どこかほっとしたし、友人としてうまくやってほしいと願う気持ちもあった。

確かに多少愚痴《ぐち》めいた話も聞くが、三年もたてば互いの欠点のひとつやふたつ見えてくるものだろう。むしろ夫婦の距離が近づいたから愚痴をこぼせるとも言える。

現に田之倉は、たまには家事をさぼってもいいと言っているのに、いつも完璧《かんぺき》にこなしてくれてかえって申し訳なく思うよと苦笑したこともあったのだ。

「わかった。じゃあ、お言葉に甘えてお邪魔《じゃま》するよ。独《ひと》り身《み》の僕には目の毒だろうけど」

ははは、と笑いながら電話を終える。

「独り身、か」

携帯電話をポケットに戻し、寂しい単語だと肩をすくめた。

空き缶を捨て、帰り支度をしながら樋口は自身について顧《かえり》みる。

仕事をしているうちに、あっという間に三十代半ばになったような気がしていた。まさか自分がこの歳まで独身でいるなんて、二十代の頃は想像もしていなかった。

過去には、漠然《ばくぜん》とだが結婚を意識した女性がいたものの、いまの店に転勤が決まった際に彼女から別れ話を持ちかけられた。樋口にとっては寝耳に水だったが、恋人の気持ちがとっくに別の男に移っていたことに半年も気づかなかったようでは、振られるのは当然だろう。

いや、薄々おかしいと思っていたのに、気づかないふりをしていた。

──いつもこうだ。

どちらにしても自分が結婚に向いてないと知る出来事だった。

店を出た樋口は、電車を乗り継いで田之倉の家を目指す。結婚当初に一度、他の友人たちとともに招かれたことがあったので、訪ねるのは二度目だ。

美人の細君をみな羨ましがり、おまえにはもったいないと樋口も一緒にからかった。あのときすでに、田之倉が自分に対して好意を持っているとわかっていたが。

「……僕みたいな草臥《くたび》れた男のどこがいいのか」

申し訳ない気持ちにすらなってくる。かといって、田之倉の気持ちに応える気にはまったくなれなかった。

同性だから、ではなく田之倉だからだ。

たとえ田之倉が未婚であっても、友人と親密な関係になるという選択は樋口にはない。

ふと、先日会った青年の顔が浮かぶ。

彼もゲイだと言っていたが、「きみみたいな格好いい子が」とうっかり口走ってしまったのは、本当にそう思ってしまったからだ。

屋台で目立っていたのはもちろんだが、お洒落な人間が多かったバーですら彼は人目を惹いた。たとえキャップを被っていても顔立ちのよさは隠しきれないし、長身なうえスタイル抜群《ばつぐん》なので周囲の注視を浴びていたのだ。

田之倉ではなく、もし彼だったら——と想像しかけた樋口だが、即座に思考をストップさせる。想像どころか妄想《もうそう》じみていて、あまりに突飛《とっぴ》すぎる発想には笑う気にすらならなかった。

最寄り駅で下車したあと、手土産の酒と菓子を購入して住宅街まで足早に歩く。すでに時刻は十時になっていて、いったんは承知したものの、周囲の家の灯りを目にしているうちに迷いが生じてくる。

やはりこんな時刻に呼び出すなどおかしい。

「…………」

断るべきかと迷い始めると同時に、急激に不安が込み上げてきた。まさかこんな時刻に呼び出すほど深刻な事態に陥《おちい》っているのでは——と、最悪の映像が脳裏に浮かんできたからだ。

テレビの観すぎだと思いつつもいったん浮かんだ考えを拭えず、樋口は小走りで住宅街の一角にある田之倉家まで急ぎ、インターホンを押した。

すぐに田之倉の声が返ってくる。応答が早すぎることも樋口の心配を煽《あお》った。

「どうしたんだ？　息を切らして」

玄関のドアを開けた田之倉を熟視《じゅくし》してしまい、不審《ふしん》に思われる始末だ。当然といえば当然の反応に、樋口は肩で息をしながら、ばつの悪さに頭を掻く。

ばかばかしい。テレビドラマみたいな展開を想像するなど、いくらなんでも飛躍《ひやく》しすぎだ。

「……いや。じつは犬に追いかけられて」

この言い訳に、田之倉はぷっと吹《ふ》き出《だ》した。

「いい歳して、犬が苦手なのか」

苦手ではないが、嘘も方便だ。

「べつにいいだろ。苦手なものくらい誰でもある」

田之倉が身を退いたので、玄関に足を踏み入れる。田之倉の話していたとおり細君の家事は完璧で、三和土《たたき》に埃《ほこり》ひとつない。

「でも、犬とは意外だ」

隅っこに靴を揃《そろ》えた樋口は、自分の家だからか普段よりリラックスして見える田之倉の背中を追ってリビングダイニングに入る。

「お邪魔しま――」

てっきりそこにいるとばかり思っていた細君の姿が見当たらず、挨拶を途中で呑《の》み込むと、目の前に立つ田之倉に視線で説明を求めた。

田之倉は、一瞬苦い顔になる。が、すぐにまた笑顔を作り、樋口にソファを勧めてきた。

どうやらリラックスして見えたのは、田之倉がそう装っていたからのようだ。

「細君は？　おまえひとりってこと？」

自然に責める口調になる。田之倉とふたりきりとわかっていたら、どんな理由をつけてでも断っていた。

「急用で出かけた」

田之倉らしくない答えが返ってくる。

「夜の十時に？」

あり得ないだろうと続けると、田之倉は一度唇に歯を立てた。

樋口は、カウンターテーブルの上のハガキに目を留める。同窓会のハガキだ。細君の留守を隠して、今日、田之倉は自分を呼んだのだ。

「俺は――」

「田之倉」

自分から尋ねた樋口だったが、咄嗟《とっさ》に田之倉の言葉を封じる。まだ心の準備ができていない。いったん口に出せば田之倉はやめないだろうし、そうなれば長年の友人関係が壊《こわ》れてしまうのだ。

「待ってくれ」

樋口の心情などとっくにわかっているようだ、田之倉は自嘲《じちょう》めいた笑みを浮かべる。常に明るい場所を歩いてきた男には不似合いな笑い方に、なにも言えなくなった。

「僕なんかの、どこがいいんだ」

田之倉の口から聞きたくなくて、先回りして自分から切り出した。なに言ってるんだと嗤《わら》ってくれたらいいと、淡《あわ》い期待を抱《いだ》いて。

「いいんだから、しょうがない」

もうごまかす気はないのか、樋口の願いも虚《むな》しくあっさり肯定してしまった田之倉に失望を覚えて顔をそむける。友人たちの中では一番エリートで、美人の細君もいて羨望の的であるのに、どうして自ら道を踏み外そうとするのか。

「言っておくけど、僕は友人としてのおまえは好きだけど、そういう意味でなら絶対好きにはなれない」

ひどいと承知で言い放つ。

「わかってる。それもしょうがないことだ」

そう答えた田之倉の声音には、本人の言葉どおり一点の期待も感じられない。あきらめだけが伝わってくる。

だったら、友だちのままでいさせてくれ。

樋口は、喉まで込み上げてきた言葉を呑み込む。それを言うのはきっと酷《こく》だ。もう友だちでいたくないと思ったからこそ、田之倉は今夜、自分を呼び出したのだろうから。

明日から田之倉の誘いがなくなるのかと思えば、胸が痛む。

大学時代から今日まで、一番身近にいたのが田之倉だった。

「なら、僕はどうすればいい」

半ば自棄《やけ》になって問う。

端整《たんせい》な面差《おもざ》しに浮かぶ嗤笑《ししょう》はいっそう濃くなり、自分なんかのせいでと思うと苛立《いらだ》ちすら湧いてくる。

「俺は」

一度目を伏せた田之倉が、唇を震わせた。

「ちゃんとセックスをしたことがない。たぶん、今後もないだろう」

「…………」

衝撃的な告白だった。

驚くのは当然だ。誰よりモテて、大学時代にはファンクラブまであった田之倉の口から発せられたのだ。驚くに決まっている。

「でも……おまえ、この前みたいな店に出入りしてるんじゃ」

この質問にも、意外な返答がある。

「あの手の店に行ったのは片手で足りる。飲んで、帰るだけだ」

細君とは――なんてとても聞けない。

自分たちの関係を無にする田之倉に苛立ちを感じているとはいえ、樋口の中ではいまでも大事な友人だ。田之倉の告白に、悲しい気持ちにすらなってくる。

「なに言ってるんだよ」

思わず責めると、ごめんと謝ってくるからなおさらつらくなった。

「おまえがそんなふうで、僕はどうすればいいんだ。最後に寝ようとでも言えばいいのか？　でも、そんなことしたら本当に二度と会えなくなるぞ」

撤回《てっかい》してくれと祈るような気持ちだった。

けれど、今度も裏切られる。

「どうせもう会えないだろう」

「…………」

田之倉の言うとおりだ。友だちにはどうせ戻れない。このまま帰れば、今後も二、三度飲みに行く機会はあるかもしれないが、そのうち互いに距離を置くようになるに決まっている。

「もう終わりにしたい」

それでもまだ半信半疑《はんしんはんぎ》でいた樋口だが、次の瞬間、嗤った田之倉の表情を前にして現実だと実感する。

みなの人気者だった田之倉の自虐的《じぎゃくてき》な顔なんて見たくなかった。

「――わかった。最後にしよう」

樋口は承諾《しょうだく》すると、自分で上着の釦に指をかけた。ちゃんと考えれば他の選択肢《せんたくし》はあるかもしれないが、頭が動いてくれないのだからどうしようもなかった。

3

午後からの出勤だった相馬は、昼間依頼人宅の庭掃除《にわそうじ》の仕事をしたあと、夜は夜で、風邪《かぜ》で休んだスナックのアルバイトの代役をこなさなければならなかった。どんなにこぢんまりした店であろうと水商売絡みの仕事を紀野が断るため、現在、この手の仕事はほとんど相馬にお鉢《はち》が回ってくる。

テーブル席がふたつほどの小さなスナックは、客はみな近所の年配者たちだ。海千山千《うみせんやません》の年寄りを相手にするのは骨《ほね》が折《お》れる。

「稟くん、こっち来て一緒に歌ってよ～」

皿を洗っている最中、六人のご婦人たちから口々に声がかかるが、作り笑顔で辞退《じたい》する。いちいちつき合っていたら、身体がいくつあっても足りない。

平均年齢七十一歳という集団は驚くほどパワーがあり、つい十分ほど前にもデュエットを強要され、厭というほど密着されたせいで、線香の匂いが衣服に染みついてしまった。

「すみません。俺は雑用なんで」

だが、容易《たやす》く納得してくれるご婦人たちではない。

「めったに会えないんだからいいじゃない。早く！　デュエットするわよ」

固辞したいのはやまやまなのに、依頼主であるスナックのオーナーが笑顔で承諾《しょうだく》した。

「オーケー、オーケー。稟くん、皿洗いはいいから頼んだよ」

好々爺《こうこうや》としたオーナーは御歳七十八歳だと聞いている。

依頼主である以前に、年寄り相手では強く出られず、テーブル席へと追い立てられた相馬は渋々六十九歳だというこの中では最年少の女性の隣に腰かける。女性は紫に染めた髪を掻き上げたかと思うと、その手を相馬の肩に回してきた。

――顧客《こきゃく》第一だ。なにがあっても耐えろ。

相馬を送り出す際、飛鳥井が言った言葉はこのことだったかと恨めしい気持ちになったものの、みなが黄色い声で囃《はや》し立《た》ててくる中、顔で笑って心では半泣きになりながら歌の間されるがままになる。

その後も何曲か続き、満足したご婦人たちが嬉々《きき》として帰って行ったときには、気力体力ともに限界まで削《けず》られているような有り様だった。

「みんな喜んで帰ってくれてよかった。次も頼むね」

オーナーのぞっとする一言には返事をせず、次の客が来るまで一服しようと、ふと腕時計に目を落とす。

午後十時半。

いま頃、樋口は田之倉の自宅だろうか。

紀野は懐疑的《かいぎてき》だったが、同窓会のハガキ戦法は高確率で引っかかる。先日のゲイバーの一件で進展がなかったので、おそらく田之倉は妻が一泊する機会を逃さないはずだ。

――そっちは紀野に任せる。

今朝、飛鳥井に命じられて、車で待機する役目は当然自分だと思っていた相馬は驚いたし、少なからず不愉快《ふゆかい》だった。仕事の途中で交代させられる理由がわからなかったからだ。

――おまえにはやってもらいたいことがある。

そのやってもらいたいことがスナックの助っ人だったのだが――いまだ納得していない。

いつもなら、こういう場合は助っ人に飛鳥井が向かうことが多い。途中交代させたのは、きっと相馬が盗聴に反対したせいにちがいなかった。

適当に見えて、飛鳥井は意外に厳しいところがある。迷いや躊躇《ちゅうちょ》はミスに繋《つな》がるというのが飛鳥井の口癖《くちぐせ》だ。

今回のことも、相馬の反感《はんかん》を察知《さっち》してあっさり紀野に切り替えたのだろう。

しかし、相馬にしてみれば腹立たしいだけだ。確かに盗聴には反対したが、実行するとなればきっちり仕事はこなすつもりでいた。たとえ納得してなくても、ミスなど犯《おか》さない。六年間、そつなくやってきたという自負が相馬にもある。

「もしかしてデートの約束でもある?」

にこにことしてオーナーに問われる。

「――いえ」

一瞬、返答に間が空いたのは、本来は相馬が担当するはずだった仕事へ意識が向かっていたせいだった。

オーナーは勘違いしたらしい。

「彼女を待たせちゃ悪い。もうここはいいよ。どうせお客さんは来ないだろうし。今日は助かったよ」

笑顔で急きたてられる。否定の言葉を呑み込んだ相馬は、エプロンを外して一礼すると、オーナーの好意に甘えて三十分ほど早く助っ人の仕事を終えた。

その足で、田之倉の家へと急ぐ。着いたときには、すでに十一時を過ぎていた。

路肩に停まっている白いワゴンに駆け寄ると、助手席のドアを開けた。

「あー、やっぱり」

メロンパンを齧《かじ》っていた紀野が、相馬を見てパン屑《くず》だらけの唇を左右に引く。目許《めもと》は前髪に覆《おお》われて見えないが、したり顔をしているだろうことは間違いない。

「なんだよ。その『やっぱり』っていうのは」

車中に身を入れた相馬が横目を流すと、メロンパンの塊《かたまり》を頬張った紀野が前を向いたまま、砂糖のついた手を払った。

「飛鳥井さんが言ってたとおりだった。『相馬はああ見えて負けず嫌いだから、途中で合流してくるだろうな』って」

「…………」

くそっと小さくこぼす。年《とし》の功《こう》というべきか、飛鳥井のこういうところが苦手なのだ。

「で？　どうなんだ？」

相馬の質問に、紀野が受信機からイヤホンプラグを引き抜いた。

『うぅ……あ、待……っ』

いきなり男のあらぬ声が聞こえてきて、仰天《ぎょうてん》する。樋口だ。普段飄々《ひょうひょう》とした雰囲気の樋口からはかけ離れた声に、本人だと気づくのに数秒を要した。

「おまえ――」

こんなものを聞きながら平然とメロンパンを食べられる紀野の神経を疑う。と同時に、こめかみのあたりに針《はり》で刺《さ》されたような痛みを覚えた。

「駄目ですよ」

ドアレバーに手をかけた相馬の上着を、すかさず紀野が摑んでくる。

「依頼者は浮気の証拠を欲しがってるんです。この程度じゃ、じゃれ合ってただけと言い逃れができます」

「どこがじゃれ合いだよ！　襲《おそ》われてるだろうがっ」

咄嗟に嚙みついた直後、車内に樋口の声が響き渡る。

『……も、触らないで、くれ』

本人を知っているだけに、別人かと疑うほど官能的《かんのうてき》で、淫靡《いんび》な声に聞こえた。

『もっとしたい。いいだろ?』

田之倉は昂奮《こうふん》を隠そうともしていない。はあはあと荒々しい息遣いで、樋口に迫っている。

『わかってる……でも、本当に待ってくれ』

樋口が途切れがちな返答をする。衣擦《きぬず》れの音は、シーツか。

「襲われてる？　合意でしょ」

肩をすくめる紀野に、相馬は反論できなかった。

騙《だま》されたような心地になる。その気はなかったんじゃないのか。ずっと友人でいたいから、知らないふりをしているはずじゃなかったのか、と。

「にしても、エグい展開ですよね。このあと現場に乗り込むっていうんだから、女っていうのは怖い」

普段は質問にもろくろく答えないくせに、よほど厭なのか紀野はやけに饒舌《じょうぜつ》だ。

『ごめん、田之倉』

『なに、謝ってるんだ』

『だって……』

これ以上聞いていられなくて、相馬はドアレバーを引いた。

「邪魔したりしませんよね」

紀野の問いかけには、まさかと一言答えてドアを閉めた。

「ばかばかしい」

駅までの道を歩きつつ、これでよかったと心中で自身を納得させる。依頼主の疑心が正しかったと証明《しょうめい》されたのだから、『飛鳥井よろずサービス』としてもいい仕事ができたと祝杯《しゅくはい》でもあげるべきだ。

理恵が言いだしたのか、これから現場に乗り込む算段になっているようだ。言い訳できない状況をさらして田之倉も樋口もさぞ狼狽えるだろう。

「自業自得《じごうじとく》だな」

実際、そう思うのに、気分は晴れない。騙されたのだから、ざまあみろという心境になってもいいはずなのに苛立ちばかりが募《つの》る。

唇を噛んだ相馬は、歩みをぴたりと止めた。ばかだと承知で踵《きびす》を返し、来た道を走って戻る。

ワゴンが見えたとき、ちょうど飛鳥井のプレミオがすぐ近くに停まったところだった。

降りてきたのは、飛鳥井と理恵だ。

「所長」

駆け寄った相馬を前にしても飛鳥井は驚かず、呆れた様子で首を左右に振った。

「おまえ、スナックは」

「ちゃんと終わらせてきました」

家の中が気になるのだろう、理恵はそわそわと落ち着かない様子だ。いまにも飛び込んでいきそうな理恵を尻目に、飛鳥井へと頭を下げる。

「俺に行かせてください」

真っ先に反応したのは理恵だった。

「なに言《い》ってるんですか。私が行くに決まってるでしょう」

眦《まなじり》を吊《つ》り上《あ》げて抗議してくる。

理恵の怒りを買うのは承知のうえだったので、ひたすら飛鳥井の説得のみに集中する。飛鳥井さえ承知してくれれば、あとはなんとかなる。理恵を宥《なだ》めることなど、口八丁手八丁《くちはっちょうてはっちょう》の飛鳥井には朝飯前だ。

「どういうつもりだ」

腕組みをした飛鳥井が鋭《するど》い眼光《がんこう》で射貫《いぬ》いてくる。

「いくらなんでも奥さんに踏み込ませるのはやりすぎです。証拠なら、録音した音源データを旦那に突きつければいいだけでしょう。足りないというなら、俺が写真を撮ってきます。奥さんを行かせて、もし最悪の事態になったら、うちも責任問題に発展しますよ」

回りくどい相馬の言葉を、飛鳥井はストレートに言い換える。

「最悪の事態っていうのは、あれか？　おまえを殺して、俺も死ぬってヤツか？　確かに田之倉さんみたいなタイプは思いつめるとなにをするかわからない。そうなるとうちの責任も問われるし、奥さんも困った立場になるだろう」

理恵の頬が引《ひ》き攣《つ》った。理恵にしても、そこまで大事《おおごと》にするつもりはないようだ。

「だがな、奥さんが行くと言われてる。俺たちは依頼主の希望に添うだけだ」

「けど——」

「黙《だま》れ、相馬」

ぴしゃりと撥《は》ねつけられて、ぐっと喉が鳴る。自分が間違っているとは微塵《みじん》も思っていないが、最終的に判断するのは飛鳥井だ。

「すみませんね、奥さん」

飛鳥井が顔に似合わない猫撫《ねこな》で声を出す。

「あいつのことは無視して行きましょう。たとえ旦那《だんな》さんが生きるの死ぬのの話になったとしても、奥さんとしてその場に居合わせる権利はありますからね。ああ、そうだ。みな、一応の心構えはしておいてくれ。警察沙汰《けいさつざた》になれば、当然盗聴の事実も明るみになる。我々も依頼主である田之倉さんも取り調べを受けるだろう」

過激な言葉の数々に、理恵の顔が見る間に青褪《あおざ》める。飛鳥井が背中に手をやり促したとき、理恵は動こうとしなかった。

「あ、あの……やっぱりお任せします」

「そうですか。では」

すぐさま笑顔で飛鳥井が右手の人差し指を立てた。くいと動かし、相馬に行けと合図を送ってから、理恵を自身の愛車へ移動させる。

悔《くや》しいが、飛鳥井に敵《かな》わないと思うのはこういう瞬間だ。

顎《あご》を引いた相馬は、擦《す》れ違《ちが》いざま飛鳥井から鍵とデジカメを受け取り、田之倉の家に向かって足を踏み出す。先刻ふたりのやり取りを聞いたばかりなので、いまどんな状況であるか明白で、気が急くと同時に、なにをやっているのかと樋口に対する苛立ちが込み上げてくる。が、理恵に行かせるよりはマシだ。

玄関の前で一度深呼吸をして、鍵を開ける。やけに大きな音がしたような気がしたが、中にいるふたりはそれどころではないだろう。

靴を脱ぎ、足音を忍ばせて中へと入る。

リビングダイニングのドアは開いていた。息を殺して覗いてみると、そこにふたりの姿はない。

やはり寝室のようだ。

ゆっくりと歩き、寝室に向かう。ドアノブを掴んだ相馬は、いつになく自分が緊張《きんちょう》していることに気づき、一度ジーンズの尻で手のひらの汗を拭ってから、またドアノブを握り直した。

厭な役目だと唇の内側に歯を立てたときだ。

「待……っ」

樋口が声を上げた。

「よせって……田之倉っ」

抗《あらが》う言葉に続き、揉《も》み合うような気配が伝わってくる。

「いまになって拒絶するなんて……どうせもう、会ってくれないんだろ」

「拒絶、じゃなくて……いきなり……無理だ」

「我慢してくれっ」

これ以上じっとしていられなかった。相馬はドアを開け放つと同時にデジカメのシャッターを切る。

田之倉と樋口はベッドにいた。

ふたりとも裸《はだか》だ。

真っ先に視線が合った樋口は、目を見開いたもののそれほど動揺はしない。まるで相馬がカメラに収めるのを待っていたかのごとく動きを止める。

反して田之倉は、相馬を認めた途端に飛び上がる。一瞬にして顔が赤黒く染まった。

「おまえ、誰だっ。なにをしてるっ……どうやってうちに入ったんだっ」

慌ててベッドの下の衣服を掻き集める姿も撮る。やめさせようとこちらに手を伸ばしてくる様も、一枚。

こんな場面、理恵に見せなくてよかったと思いつつ連続してシャッターを押した。

「どうりで。あちこちできみを見かけたのはそういうことか」

樋口が苦笑する。

「変だとは思ったんだよな」

レンズを向けても田之倉のように動転することなく、樋口は落ち着いた動作でベッドから下りた。

「観念したほうがいいよ、田之倉。彼はたぶん興信所のひとだ。僕たちは、奥さんを裏切った代《だい》償《しょう》を払わなければならない」

口調も同じだ。田之倉と樋口の反応の差はあまりに顕著《けんちょ》で、計らずも完璧な男に見えた田之倉のほうが気が小さいと知る結果になった。

「ひ、樋口……」

樋口と相馬の間で視線を彷徨《さまよ》わせた田之倉もようやく状況を把握《はあく》したらしい。衣服を手にしてベッドにすとんと腰かけると、肩を落として項垂《うなだ》れた。

「樋口が承知するからおかしいとは思ったんだ。茶番《ちゃばん》を知らされてなかったのは、俺だけか」

掠《かす》れ声を絞《しぼ》り出し、乾《かわ》いた嗤いを漏らした田之倉に、いいえと相馬はかぶりを振った。

「樋口さんはなにも知りませんよ。だから『僕たち』と言われたんですよ。あなたのために」

次の瞬間、両手で顔を隠した田之倉の身体が小刻《こきざ》みに震えだす。妻に謀《はか》られたことがショックなのか、それとも友人を失うことへの後悔《こうかい》からか。

どちらにしても失うものは大きい。

「早く服着たらどうです？」

目線は田之倉へやったまま、裸で立っている樋口に向かって声をかける。

「あ、ごめん。見苦しいもの見せたね」

こんな場面でも飄々として、申し訳なさそうに身を縮《ちぢ》める樋口に対して、相馬の胸にじりじりとした苛立ちが再燃した。どんな言葉で誘われたのかなんて、どうでもいい。妻の留守に訪ねてきた以上、樋口にも責任がある。

「どうしてなんですか。どうして、こんなことを――」

衣服を身に着けていく樋口に、苛立ちもあらわに疑問をぶつける。いままでうまく躱《かわ》してきたなら今後もそうすべきだったと、言外に非難した。

「ん……」

樋口の反応は鈍い。どこか散漫《さんまん》な態度にも見え、本格的に腹が立ってくる。口ではなんと言おうと、結局どうでもよかったんじゃないかと幻滅《げんめつ》さえした。

「先に説明してくれないかな。なんとなくわかるけど、僕だって説明を受ける権利くらいあると思う。どうせ盗聴器のひとつやふたつ仕掛けてるんだろ？」

樋口が室内を見渡す。

「盗聴器っ？」

上下左右に首を振った田之倉が、これ以上ないほど顔を歪めた。男前も台なしだ。

「妻はもう知ってるんだろうか」

この期《ご》に及《およ》んで悪あがきか。

懇願《こんがん》するような双眸《そうぼう》を向けられ、相馬は不快感で眉をひそめる。相馬自身、清廉《せいれん》だとも真面目だとも思っていない。ちゃんとした職業についた人間からすれば、よろず屋なんてその日暮らしも同然だ。

けれど、自分の仕出かしたことに自分で責任を取るくらいの覚悟は常に持っているつもりだった。

「そうですね。後戻りはできないと思いますよ」

これで理恵は強気に出られる。田之倉は口止め料を含めて多額の慰謝料《いしゃりょう》を支払うはめになるだろう。すべて終わり、もう元には戻れない。

「……そうか。いっぺんに失ってしまったな。家庭も友人も」

田之倉の声は弱々しい。半面、どこかほっとしているようにも聞こえ、相馬は田之倉ではなく樋口の顔を窺った。

こんな状況にも拘らず、なぜか樋口は微苦笑を浮かべた。

「しょうがないだろ。おまえも覚悟してたはずだ。あとは奥さんとおまえが結論を出すといい。もし奥さんが僕に会いたいっていうなら会うけど、約束どおりおまえとはもう二度と会わないよ」

きっぱりとした口調もさることながら、その中身にはっとする。どうしてと樋口を責めた相馬だが、いまの言葉で樋口の心情を理解した。つまり、これは田之倉に対する最後通牒《さいごつうちょう》だ。

「送っていきます」

相馬が申し出ると、樋口は子どもみたいに頷いた。

「お言葉に甘えるよ」

落ち着いて見えても、内面もそうだとは限らない。少なからず傷ついているだろうと察せられる。

ベッドに座ったきり指一本動かさない田之倉をそこに残し、相馬は樋口とともに寝室から出るとまっすぐ玄関へ向かった。

数歩前を歩く樋口の背中はひどく疲れて見え、反射的に口を開く。が、なんと声をかけていいのかわからず、結局噤《つぐ》んで、黙って田之倉家をあとにした。

数メートル先の路肩にはワゴンが停まっている。

飛鳥井のプレミオはない。

飛鳥井のことだから、後日出直したほうがいいと口先ひとつで理恵を丸め込んだにちがいなかった。

ワゴンの後部座席に樋口を乗せ、相馬自身は紀野と交代して運転席におさまった。

紀野が変わり者でよかったと初めて思う。ついさっきまで濡れ場を盗み聞きしていた張本人だというのに、樋口と顔を合わせても悪びれるどころか、まるで興味がなさそうに会釈をしただけだった。

「奥さん、びっくりしてた？」

嘘をついてもしようがないので、いいえと答える。予想はついていたのか、樋口は驚かなかった。

「同窓会が嘘だって、気づいてたんですか」

逆に質問しながらルームミラーを動かし、さりげなく後部席の樋口をチェックする。シャツの釦を掛け違えていること以外は、いたって普通に見える。窓の外へ視線を流している横顔は冷静で、感情をこちらに悟らせなかった。

「そうだね。といっても、疑ったのは田之倉のうちに着いてから。カウンターテーブルに置いてあった同窓会のハガキを見たときだ。会場になってたレストラン、うちのスーパーと野菜の取引きがあるんだ。もしまとまった人数の会合があれば僕の耳にも入る」

世間は狭い。紀野が適当に近場のレストランの名前を使ってしまったせいだろうが、樋口はハガキを見た瞬間に、理恵の目論見《もくろみ》だと気づいたようだ。

——どうりで。あちこちできみを見かけたのはそういうことか。

だからこそあの言葉になったのだ。

だが、疑問が残る。気づいていながら樋口はなぜ田之倉の誘いを受け入れたのか。確かめようと、ふたたびルームミラーの中の樋口に目をやったとき、

「うぬっ」

隣で紀野が奇声《きせい》を上げた。

いったいなにが起こったのか、助手席に横目をやると、紀野は憮然《ぶぜん》とした顔でノートパソコンを閉じた。

いったいどうしたのかと思えば。

「あの野郎、いつも俺が狙《ねら》ってるヤツを落札しやがる」

またオークションだ。いくら仕事が終わったとはいえ、まだ移動の車の中で、しかも樋口が同乗しているうちになにをやっているのか。

紀野に雰囲気を察しろというのは無理だとしても、あまりの空気の読めなさに気が削《そ》がれて樋口に質問するタイミングを逸《いっ》してしまった。

「――すみません」

なんで俺が謝らなくちゃならないんだと思いつつ、後輩の態度の悪さを謝罪する。

「え、僕はぜんぜん構わないよ。それより、残念だったね。ライバルがいるの?」

樋口が「ライバル」という単語を使ったために、紀野の闘争心《とうそうしん》に火がついたらしい。仕事で熱くなったことなんて一度もないくせに、握ったこぶしをダッシュボードに押しつける。

「あんな奴、ライバルなんかじゃない。俺のあとばっかりついてくるただの金魚の糞《ふん》です」

「ああ、じゃあ、きみのファンなのかも」

たったいまあった出来事など忘れたかのように、樋口が暢気《のんき》に笑う。こんなときに笑えるなんて、樋口も相馬の理解の範疇《はんちゅう》を超えた人間だ。

「ファン？」

紀野が身体を捩り、後部座席に顔を向けた。よほど樋口の言い方が気に入ったのか、他人と正面から接することがほとんどない紀野にしてはめずらしい。

「そう。だって、きみのあとばかり追いかけるなんて、愛以外ないじゃないか」

「愛……」

まんざらでもなさそうに頰をぴくぴくとさせる紀野と、穏やかな樋口のやり取りに疑心しか湧かなかった相馬は、背後に車がいないことを確かめるとわざと急ハンドルを切って路肩に寄せた。

「わっ、危険運転！」

つんのめった紀野が嚙みついてくる。悪いと軽く謝罪して、肩越しに後部座席へ視線を投げかけた。

「着きましたよ」

あるべき場所に樋口の顔はない。下方へ視線をずらすと、上着の生地が目に入った。

「──なにやってるんですか」

相馬の問いかけに決まりが悪そうに空笑《そらわら》いをした樋口は、どっこいしょと身を起こした。

「いや。最近、めっきり腹筋が弱くなって」

シートベルトがちゃんとはまってなかったのだろう。相馬がハンドルを切った勢いで外れ、身体が横に倒れたらしいが、幼児や老人じゃないんだからと呆れてしまう。

「ちょっといい？」

ドアを開けた樋口が、相馬を外に促してくる。エンジンを止めた相馬は、懲《こ》りずにパソコンと格闘《かくとう》し始めた紀野を車内に残し、ワゴンを降りた。

「さすがだね。僕の家も調査済みだったんだ」

樋口がマンションを見上げ、感心する。

「ええ。基本ですから。でも、うちは興信所じゃないです」

普段から二、三枚持ち歩いている名刺をジャケットの胸ポケットから取り出した相馬は、樋口に手渡した。

「――飛鳥井よろずサービス。相馬稟」

樋口は記してある文字をそのまま読み上げたかと思うと、目を輝かせる。

「よろず屋さんなんだ？　へえ。依頼があったらなんでもやるの？」

ごく普通の反応に、

「犯罪以外は」

と返す。

「あれ？　盗聴って犯罪じゃなかったっけ？」

だが、さらりと直球でくるところは樋口らしい。天然なのかそうではないのか、現時点で判断するのは難しい。読めないという点では、紀野以上に厄介《やっかい》だ。

「頼みがあるんだ」

小首を傾げる樋口に、出たよと苦々《にがにが》しい気持ちになる。

無意識にしろこういう仕種をして見せるのは、小動物と同じで自分を有利にするための手段なのだ――と、相馬は考えている。中年男が首を傾げる姿に一瞬でもどきっとした事実が、すでに大問題のような気もするが。

「奥さんには、刺激の少ない写真をチョイスして見せてくれないかな」

樋口の頼みは予想したとおりだった。樋口としては、田之倉ができる限り軽傷ですむようにしたいのだろう。

「無理です。依頼者の希望には添わなきゃいけないので」

思案するまでもなく断る。こっちも仕事である以上、個々の思惑《おもわく》に対応するわけにはいかなかった。

「わかってる。だから、僕からの依頼ってことでどうかな。彼女が払った調査費より高額で買い取らせてくれないか」

この提案にも首を横に振る。

食い下がってくるかと思った樋口は、

「そうか。残念」

意外にあっさりあきらめた。

「樋口さん」

シャツの釦を掛け違えていると教えようとした相馬は、外灯に照らされた胸元に目をやる。直後、首筋の痣《あざ》に気がついた。なんの痣であるかは明白で、釦のことを教える気が失せる。

「送ってくれてありがとう」

マンションの玄関へと向かう樋口の後ろ姿を見ながら、足取りがおぼつかないのも、さっきシートで倒れたのも同じ理由からだと予想がついて、どうしてそこまでしたんだと不信感しか湧かなかった。

いくら友人でも、田之倉のために望んでもない行為に及ぶなんて馬鹿げている。そもそも懇願されたとはいえ、友人と寝られること自体理解しがたい。

段差で樋口が躓《つまず》いた。反射的に足を踏み出した相馬は、自身の行動に驚き、すぐさま回れ右をする。

もう自分は無関係だ。理恵への報告をすませれば仕事は終わりだし、今後樋口と関わることもない。

ワゴンに戻ると、助手席で相変わらずパソコンに向かっている紀野を無視してエンジンをかける。発進させたワゴンのサイドミラーに映ったマンションの玄関を目にして、どこか苦い気持ちになった。

後味の悪さを覚えつつ、帰路を急ぐ。三十分後、事務所に戻った相馬を迎えたのは飛鳥井ひとりではなく、理恵も一緒だった。

「どうしても今日じゅうに結果をお聞きになりたいそうだ。いましがた訪ねてこられた」

理恵はいまかいまかと相馬の報告を待っていたようだ。期待のために頬はやや紅潮《こうちょう》している。依頼に来たときからひとつの答えのみを望んでいた理恵にとって、理想的な結末なのかもしれない。

相馬が応接スペースに歩み寄ると、飛鳥井はソファに腰かけている理恵をまっすぐ見据えて切り出した。

「私から説明しましょう。結果から述べさせていただくと、決定的な証拠と言えるものは出ませんでした。確かにご主人と樋口さんは極めて親しい間柄ですが、肉体的な関係となると——なんとも言えませんね。とりあえず、こちらを聞いていただきましょうか」

飛鳥井の説明に驚き、咄嗟にそちらを見る。

平然とした様子の飛鳥井は、自らの手で盗聴した音源データを流す。樋口がやってきたところから始まっていた。

——細君は？　おまえひとりってこと？

——急用で出かけた。

——夜の十時に？

なにげない会話だ。樋口の口調がやや懐疑的なのは、親しいからこそとも受け取れる。

——僕なんかの、どこがいいんだ。

樋口の問いかけに、

――いいんだから、しょうがない。

ごまかしようのない田之倉の返答が続いた。

理恵の唇が戦慄《わなな》き、相馬は眉をひそめた。

――ちゃんとセックスをしたことがない。たぶん、今後もないだろう。

――でも……おまえ、この前みたいな店に出入りしてるんじゃ。

――あの手の店に行ったのは片手で足りる。飲んで、帰るだけだ。

厭な役回りだ、とこういう仕事のときはいつも思う。旦那の恥部を他人に暴《あば》かれる瞬間を、妻はどんな気持ちで受け止めているのだろうか、と。

今回の場合はなおさらだ。

同性同士だからか、それとも他に理由があるのか、自分でも判然としないが。

――もう終わりにしたい。

切羽詰まった田之倉の声が、事務所内に響いた。

――わかった。最後にしよう。

樋口があきらめの滲《にじ》んだ声音で答えた。

樋口が音源データと写真を買い取ると言った気持ちは相馬にも理解できる。相馬自身、聞いていられなくて、もういいでしょうと飛鳥井を止めるために口を開く。が、その必要はなかった。

ザザっと、雑音が割り込んできた。あまりにひどい音に、その後のふたりのやり取りは掻き消され、なにを話しているのかわからない。

車中で相馬が明瞭に聞き取った会話も、まったくといっていいほど残っていなかった。

「……これは」

ハンカチを口許に当てた理恵が、飛鳥井へと身を乗り出す。

「すみませんねえ。さっき言ったとおりこういう有り様でして。うちの機器のせいじゃないですよ。どうもあの周辺、変な電波が出てるみたいでしてね」

さりげなく責任逃れの台詞を吐いて、飛鳥井が音を切る。

「ご主人は樋口さんをそういう意味で想っているようですね。樋口さんが応えられたかどうかは、想像するしかありません」

飛鳥井の口上を聞いているのかいないのか、理恵は無言で一点を凝視《ぎょうし》している。不満を持つのは当然だ。決定的な証拠を摑んでいないのだから。

「所長、ちょっといいですか」

だが、不満なのは相馬も同じだ。一応丁寧《ていねい》な口調で呼んだものの、腹の中はちがう。どういうことだと両眼で問いながら、外へと飛鳥井を誘い出した。

「なんだよ」

面倒そうに腰を上げた飛鳥井は、

「ちょっとすみませんね」

理恵に愛想よく笑いかけてから、相馬のあとについてきた。ドアの外に出て、外階段の踊り場で向かい合った途端、その顔から笑みが消えた。

「文句でも言いたそうな顔だな」

飛鳥井にしても相馬の不満がわかっているのだ。自分が担当した仕事を、勝手に弄られることほど腹立たしいものはない。

相馬と別れた直後、樋口が飛鳥井に連絡したにちがいなかった。

「いくら出すって持ちかけられたんですか？　金で事実を歪めるようじゃ、飛鳥井よろずサービスも終わりですね」

相馬の皮肉に、飛鳥井はただでさえ怖い三白眼《さんぱくがん》を眇《すが》めていっそう怖い顔をすると、ふんと鼻を鳴らした。

「依頼主の望みは旦那の浮気の尻尾《しっぽ》を摑むことなんだから、あれで十分だろ？　ゲイで、友人に懸想しているってだけで十分だ。それに、もう会わないっていうんだからいいじゃねえか。野郎同士の濡れ場なんざ、誰も聞きたかねえだろ」

もっともな言い分だし、相馬も同感だ。が、素直に聞けないのは飛鳥井の言葉だからだ。

本来容赦《ようしゃ》のない男である飛鳥井が結果に手心《てごころ》を加えたのは、つまるところ、利益のために理恵と樋口を天秤《てんびん》にかけたとしか思えなかった。

「俺もそう思いますよ。けど、依頼主に満足してもらう仕事っていうのが、うちの信条じゃなかったんですかね」

わざと冷やかな目を飛鳥井に向ける。

「ったく、ガキだな」

欠伸《あくび》混じりでこぼされた一言には、かっとなった。

「ガキとか、関係ないでしょ」

どいつもこいつも年上風を吹かせやがって。これだから、中年男はどこでも煙《けむ》たがられるのだ。

最初に相馬に持ちかけておきながら、すぐに退いて飛鳥井に電話をかけた樋口も同じだ。ガキは相手にできないと言われたようで、むっとする。

「じゃあ聞くが、野郎同士の濡れ場を聞いたら奥さんは満足するとでも？」

「……それは」

返答に詰まる。飛鳥井の言うとおりだ。一時的には、自分の疑念が証明されたと理恵は喜ぶだろうが、それ以上にきっと傷つく。

旦那がゲイである事実のみでも、当事者には衝撃的な事実にちがいない。

「おまえの言ったとおり、樋口さんから連絡があった。俺が彼の話にのったのは、田之倉は十分報《むく》いを受けていますって一言に共感したからだ。もちろんタダと言われたら、一も二もなく撥ねつけてたけどな。今回の案件は、これが一番丸く収まる。ちがうか？」

「………」

ちがう、とは言えない。相馬にしても、この六年間、正しいことが常に最善ではないと学んできた。きっと飛鳥井の言うとおりなのだろう。

そう思ってはみても、どうにもわだかまりは残る。樋口のせいだ。なぜ自分がこれほど気になるのか、それすらわからないというのに。

樋口は歳相応の頼もしさを感じる半面、どこか危なっかしく見える。最後とはいえ、田之倉のために身体まで差し出すなんてお人よしでは到底片づけられない。いったいなにを考えているのか、樋口の言動が相馬にはまるで予測がつかなかった。

「とにかく、ガキ扱いされたくなけりゃ、依頼主の前で不満そうな顔すんな」

ぺしりと相馬の頭を手のひらで叩いて、飛鳥井は事務所のドアを開ける。頭を冷やすために、相馬ひとりその場に残った。

ものの二、三分でふたたびドアが開く。

出てきたのは理恵と飛鳥井だったが、対象的な表情をしていた。

「ありがとうございました。またなにかありましたら、ぜひ飛鳥井よろずサービスにご用命ください」

飛鳥井は愛想笑いを浮かべ、両手を揉んで依頼主を送り出す。反して理恵は釈然《しゃくぜん》としない表情をしていて、会釈ひとつで帰っていった。

「納得した――って顔じゃないですね」

スカートの裾《すそ》をひるがえしてタクシーに乗り込む姿を前にして、笑顔の飛鳥井に同意を求める。

「男女の問題には、すっきりした答えなんてないもんだ」

理恵の乗ったタクシーが発進した途端に笑みを消した飛鳥井は、首を左右に傾け、こきこきと骨の音をさせながら事務所内に戻っていった。

「ああ、今回の場合は男女じゃなくて男女男か」

自分で言って自分で吹き出す飛鳥井に同調する気にはなれず、相馬はどさりとソファに腰かける。

「正しくは、男男女です」

すかさず訂正《ていせい》を入れたのは、紀野だ。紀野は段ボール箱を手にして、わざわざ相馬の隣に座ってくると、ポストインするチラシを折り始めた。

「ま、どっちにしても離婚理由には十分だから、そのうち感謝して菓子折りのひとつでも持参してくるだろうよ」

デスクで煙草を銜えた飛鳥井を尻目に、いつの間にかチラシ折りを手伝いながら、そうだろうかと相馬は首を捻《ひね》った。

大事な友情を壊すほどに思いつめていた田之倉が、一度寝たくらいであっさり退くだろうか。むしろ、ようやく一度目が叶《かな》ったのだから二度目を望むのではないのか。

どうしても飛鳥井ほど楽観的にはなれなかった。

4

スタッフに呼ばれたのだろう。鮮魚コーナーと精肉コーナーの間にあるドアから樋口《ひぐち》が姿を見せる。クレームでもつけているのか客の態度はぞんざいで、やってきた樋口と手にした野菜のパックを指差して何事か捲《まく》し立てている。

一方、樋口は平身低頭謝罪《しゃざい》する。話を聞き、頭を下げ——を何度かくり返す樋口にやっと客も矛《ほこ》を収める気になったようだ。別の物に交換してもらうと不承不承《ふしょうぶしょう》ながらも帰って行った。

どこの業界も大変だ、と菓子コーナーの隅《すみ》から樋口を見つつ相馬《そうま》は同情する。よろず屋にもクレームはしょっちゅう来る。望む結果が得られなかった依頼主自身だったり、自分が調査されていると知って怒鳴り込んでくる依頼主の夫や恋人だったり。

飛鳥井《あすかい》が対応すると、たいがいのクレイマーは怯《ひる》んで去っていくので大事に発展したことはないものの、こっちも真剣に仕事に臨《のぞ》んでいるぶん不愉快《ふゆかい》な思いをする場合もある。

ふと、相馬は雑誌コーナーの傍《そば》にいる青年に目に留めた。

二十歳《はたち》前後だろうか、パーカにジーンズというごく普通の出で立ちで、一見普通の青年だ。にも拘《かかわ》らず相馬が彼を見てしまったのは、他の買い物客とは様子がちがったからだ。

雑誌コーナーにいるのに、彼の意識は手にしている雑誌にはない。それならどこに向かっているのか、視線の先を辿《たど》っていくまでもなかった。青年が見ている場所には、樋口とスタッフがい

本日発売

る。クレーマーから助けられたスタッフが、樋口に深々と頭を下げる様子を窺《うかが》っているのだ。

まるで手の届かないものを眺《なが》めるようなまなざしに違和感《いわかん》を抱き、相馬は自然と青年の風貌《ふうぼう》を記憶に刻《きざ》み込んでいた。

しばらく散髪《さんぱつ》していないだろう髪、身長は一七〇前後で細身。肌は青白く、やや猫背《ねこぜ》ぎみ。顔立ちは悪くない。奥二重《おくぶたえ》の目と薄《うす》めの唇《くちびる》は、テレビで観るいまどきのアイドルのようだ。暗い雰囲気《ふんいき》が顔立ちのよさを台無しにしている。

笑顔でスタッフの肩《かた》を叩《たた》いた樋口は、また奥へ引っ込んで行った。

それと同時に、青年は手にしていた雑誌を棚《たな》に戻してその場を立ち去る。手ぶらで店を出ていくと、フードを頭からすっぽり被《かぶ》って足早に消えていった。

――まさか、四人目の男じゃないだろうな。

洒落《しゃれ》にもならないことを考えながら、舌打《したう》ちをする。

ゲイでもない男がそうそう同性にモテてたまるか、と頭では思っているのに、相手が樋口なのでその疑心《ぎしん》を捨てきれない。なにしろ過去ふたりの男に言い寄られたあげく、長年の友人の人生までも狂《くる》わせてしまった男だ。

先日の一件から一週間がたつが、その後、田之倉《たのくら》と樋口が接触した形跡《けいせき》はなかった。あのとき樋口が言ったとおり、友人関係を解消したらしい。

――この件に関して思い出した途端《とたん》、もやもやとした苛立《いらだ》ちが込み上げる。

すでにこの案件は自分の手から離れている。もうなにが起ころうと自分とは無関係だ、と百も承知《しょうち》で、放っておけずにこんなところまでのこのこ来てしまったのだ。

田之倉はやっとあきらめがついたのだろう。ふと、先程見かけたパーカを来た青年の姿が頭をよぎったが、首を左右に振って気を取り直す。「危ないゲイ」がそうそう出没《しゅつぼつ》するわけがない。

自分に呆《あき》れながら半身を返したとき、ジーンズのポケットが震《ふる》えだした。すぐに出ると、疲労《ひろう》感《かん》たっぷりの間延びした声が耳に届いた。

『あー……おまえ、いまどこにいる？』

午後三時過ぎ。

朝までホストクラブで働かされ、ひと眠りして、これから事務所に顔を出すつもりだった。いつもはスクーターで出勤しているが、酒が残っていたために電車を使わざるを得なかったのが、そもそも樋口の勤務先まで来たきっかけだ。

本来ならふた駅で降りるのに、つい足を伸ばしてしまった。

最寄り駅を告げた相馬に、飛鳥井がしばし沈黙《ちんもく》する。

『樋口さんのスーパーから近い場所だなあ』

「――――」

近い、ではなくそのスーパーにいるのだが、明言を避けて相馬も押し黙《だま》る。ふうと息の音が聞こえてきたのは、煙草《たばこ》の煙《けむり》を吐《は》き出したからのようだった。

『とっくに終わった仕事だよな。先週終わっただろ？』

どこでなにをしていたか問うまでもないというような飛鳥井の呆れ口調に、わかってますとぶっきらぼうな答えを返す。わかっていながら来てしまったのだ。

「あまりにすんなりいったから、ちょっと気になって寄ってみただけです」

一応そう付け加えると、飛鳥井は意外とも言いたげに声のトーンを上げた。

『へー、そうか。おまえがそんなに心配性だとは知らなかったよ。でもな、俺は思うんだが、気になって寄ってみるっていうんなら、樋口さんじゃなく旦那《だんな》のほうじゃないのか?』

厭《いや》な言い方だ。いつもとはちがう自分に、相馬自身が一番戸惑《とまど》っているのだ。

「それは、そうなんですが——でも、あのひと、どうも危なっかしくて」

摑《つか》みどころがないという意味だった。しかし、そうは受け取られなかった。

『惚《ほ》れたとか言うなよ』

「は?」

あまりに唐突《とうとつ》だったので、思わずスマートフォンを落としそうになる。

「——なに言ってるんですか」

冗談《じょうだん》にしてもすぎると思って鼻で笑ったが、どうやら冗談ではなかったらしい。

『たいがい、危なっかしいから気になるってところから恋愛ってヤツは始まるんだ。そもそもが勘違《かんちが》いだけどな。言っとくが、俺から見りゃ、樋口さんはしっかりした大人だ』

「———」

どうして反論ができるだろう。自分でも気にかける必要も理由もないと思っていることを、飛鳥井に念押《ねんお》しされただけだ。そもそもこれほど気になること自体、変だろう。

「……そうですね」

スマートフォンの向こうにぼそりと返す。

「わかってるならいい」

飛鳥井は一言であしらい、本題に入った。

『それはさておき、仕事だ。紀野《きの》と合流して現場に向かってくれ。元彼に生活がだだ漏《も》れで怯《おび》えてる女子大生。目を覚ますにはちょうどいいだろ？』

どうせにやにやしながら言っているのだろうと思えば、苦々《にがにが》しい気持ちになる。返答せずに電話を切った相馬はその手で紀野に連絡し、駅前で待ち合わせた。

紀野の運転するワゴンの助手席に乗り込むと、そのままふたりで現場に直行する。

「相馬さん、もしかして酒飲んでます？」

ハンドルから離した左手で鼻を抓《つま》んだ紀野に、好きで飲んだんじゃないと、これ見よがしに口臭除去《こうしゅうじょきょ》のカプセルを口に放り込んでやった。

「ああ、朝までな。言っとくが、俺が酒臭いのは半分おまえのせいだ」

夜の仕事をおまえが断るからだと嫌《いや》みを込めるが、紀野には通用しない。

「もう二、三個飲んだほうがいいんじゃないです？」

厭そうな横目を流してきたので、むっとしつつ五個ほど追加で口に入れ、がりっと噛《か》み砕《くだ》いた。

「というか、所長とくればよかっただろ」

飛鳥井の人使いが荒《あ》らいのはいまに始まったことではないが、夜の仕事のあとは少しくらい楽をさせてもらいたかった。デスクワークでも、チラシ配りでもいい。元彼のストーカー疑惑《ぎわく》なんて案件、酒の回った脳みそにはハードすぎる。

「所長は今日、毎月恒例《こうれい》のお仕事です」

「あー……なるほど」

紀野の返答を聞いて、あれかと思い出した。

飛鳥井は、毎月決まった日に債権回収《さいけんかいしゅう》の仕事に携《たずさ》わる。強面《こわもて》を買われて依頼してきたのは、老舗《しにせ》キャッシング会社だった。

飛鳥井なんかが出向けば会社のイメージが悪くなるような気がするのだが、外見に似合わない人当りのよさがかえって滞納《たいのう》している債務者《さいむしゃ》にプレッシャーを与えるらしく、高い回収率に先方は手放しで喜んでいるという話だ。

——俺の誠意が伝わるんだろ。

などと胸を張る飛鳥井には言わないが、飛鳥井の笑顔が怖いからにちがいなかった。

十数分ほどで現場に到着する。小綺麗《こぎれい》なマンションの前にワゴンを停めると、相馬はハンディタイプのスペクトラムアナライザを、紀野はノートパソコンを手にして降りる。

玄関で部屋番号を打ち込んですぐ、依頼主である女子大生の声がインターホンから返ってきた。

「こんにちは。飛鳥井よろずサービスです」

間もなくガラス扉《とびら》が開錠《かいじょう》され、マンション内へと入る。エントランスも外観同様小綺麗で、最近の学生は羨《うらや》ましいなと自身のアパートと比べて肩をすくめる。

「気分はゴーストバスターズですね」

子どもみたいに頬《ほお》を緩《ゆる》めた紀野に、

「そんな古い映画、よく知ってんな。生まれる前だろ」

あながち遠くないと同意しつつ、エレベーターに乗り込んだ。

「先月だったかな、テレビでやってたんです」

「ああいうの、アナログ的だって馬鹿にしそうなのに」

「たまにはアナログもいいんです。ヒーローものは特に」

ヒーローものだっただろうかと首を捻《ひね》るが、紀野の趣味を理解しようとすること自体間違いだ。日頃はデジタル至上主義なのに、日々オークションに入り浸《いびた》り、フィギュアなんてアナログの極《きわ》みのようなものを集めているのだから。

くだらない会話をしている間にエレベーターが三階に到着し、外へ出る。

三〇五号室のチャイムを押すと、待ち侘《わ》びていたのだろう、勢いよくドアが開いた。

「飛鳥井よろずサービスです。名刺を――」

上着の胸ポケットから名刺を取り出そうとしたが、そうするまでもなく女子大生が室内へと案内する。ずいぶん警戒心《けいかいしん》が薄《うす》いと思いながら靴《くつ》を脱《ぬ》ぎ、短い廊下《ろうか》を進んで１ＬＤＫの部屋に足を踏み入れた。

女子大生の部屋だけあって、パステルカラーでまとめられた清潔《せいけつ》な空間だ。甘ったるい香りのルームフレグランスが気になるのか、紀野はしきりに鼻のあたりを擦《こす》り始めた。

「では、始めさせていただきます」

依頼主の女子大生に断り、ハンディタイプのスペクトラムアナライザで部屋の隅々《すみずみ》まで調べていく。元彼というなら、十中八九市販の盗聴器《とうちょうき》を使っているだろう。市販の盗聴器は、130～160MHz《メガヘルツ》、360～460MHzの周波数が使われている。

液晶《えきしょう》パネルをチェックしながら、部屋じゅうを歩き回る相馬のあとから、ノートパソコンを抱えた紀野がついてくる。

スペクトラムアナライザとパソコンを繋《つな》ぐ利点はいくつかあるが、相馬の場合は、パソコンにデータを記録することにより後々のトラブルを避《さ》けるのが目的だった。つまり、調査後に取りつけられた盗聴器をこちらが見落としたとクレームをつけられないための対処法だ。

バスルームやトイレもすべて調査をすませて、不安顔の女子大生に結果を報告する。

「盗聴器がふたつ見つかりました」

相馬の報告を聞いて、女子大生は一気に青褪《あおざ》めていった。

「コンセントと、電話の子機です」

説明する傍《かたわ》ら、三又《みつまた》のコンセントを外《はず》して目の前で解体して中身を見せる。

「これですね」

女子大生は、噓《うそ》と言ったきり絶句《ぜっく》した。

子機も同じく解体し、盗聴器を確認する。よほどショックなのだろう、その間、一言も声を発しなかった。

「いつ付けられたのか、心当たりはありますか？」

相馬の質問に、女子大生が震える唇に歯を立てた。

「コ……コンセントは、一緒に暮らしていたときに彼が買ってきたものです。別れたあとも、ときどき電話があるんですけど……まさか、盗聴なんて」

信じられないと言いたげに睫毛《まつげ》を瞬《また》かせるが、同棲《どうせい》相手を盗聴する男はけっしてめずらしくはない。自分の留守中、彼女がなにをしているか知りたかっただけだと言う彼らに、罪《つみ》の意識など皆無《かいむ》なのだ。

「盗聴器はうちで処分しておきます。もし彼が今後なにかしてくるようでしたら、警察《けいさつ》に相談されたほうがいいです」

確認もせずにドアを開けた軽率《けいそつ》さの改善《かいぜん》になればと少々脅《おど》すと、彼女が深く頷《うなず》く。自分の両手で肩を抱く姿に、落ち着くまでしばし待ってから、請求書を手渡した。

「またなにかあったらよろしくお願いします」

テーブルに名刺を置き、帰るぞと紀野にアイコンタクトを送る。

「あ、あの」

玄関で靴を履《は》いているときに、女子大生が声をかけてきた。

「お礼をしたいんですけど」

「それには及《およ》びません。仕事なので」

個別にお礼を受け取ることは禁止されていないとはいえ、隣人の件で懲《こ》りたので即座《そくざ》に辞退《じたい》する。なおもなにか言いたそうなそぶりをする彼女に相馬は事務的な挨拶《あいさつ》をして、早々にその場を立ち去った。

「してもらえばよかったのに。お礼」

エレベーターで階下に降りる際、明後日《あさって》の方角に顔を向けたまま紀野がそう言ってくる。

「トラブルのもとだ。おまえもやめといたほうがいい」

相馬にしてみれば助言のつもりだったのに、紀野は不満そうに目許《めもと》を覆《おお》っている前髪を指で引っ張った。

「お礼なんて、言われたことないです。相馬さんみたいにモテませんからね」

確かに、個別にお礼を申し出てくるのは圧倒的に女性客が多い。だが、前髪をバリアだと言い放ち、他者と目も合わせようとしない紀野に嫌みを言われるのは納得できなかった。

「なんだ。モテたいって？」

ちょっとした揶揄《やゆ》だったのに、紀野は顔を赤くする。

「誰もそんなこと言ってないです。なに勘違いしてるんですか」

むきになって否定されると、よけいにからかいたくなった。

「俺にはそう聞こえたけど」

「それは……相馬さんの耳がどうかしてるんでしょう」

「おまえの耳のほうがおかしいだろ。真っ赤だぞ」

「こ、これは……っ」

紀野が両手で耳を隠《かく》す。ワゴンに戻ってからも、自分にはその気がないからと延々と言い訳を重ねるので、いいかげん相槌《あいづち》を打つのですら面倒《めんどう》になってきた。

「聞いてるんですか」

紀野が吠《ほ》える。

「ああ、聞いてる聞いてる」

欠伸《あくび》をしながら、相馬は助手席のシートを倒した。

「寝不足なんだ。着いたら起こしてくれ」

眠くはなかったものの、紀野の口撃《こうげき》から逃《のが》れるために口も目も閉じて、その後三十分ほどやり過ごす。

「着きましたよ」

律儀《りちぎ》に起こしてくれた紀野に礼を言い、シートを戻して車外に出る頃にはようやく酒が抜けてきたので、快晴のさわやかな空に目を細めながら外階段を上がり、事務所のドアを開けた。

「……あ」

直後、相馬の視界に意外な男の姿が飛び込んでくる。

応接スペースで飛鳥井と向かい合っているのは、樋口だ。先刻店で見たばかりだが、この時間に事務所に来たのだから今日は早上がりなのだろう。スーツ姿以外の私服は初めて目にする。

樋口自身と同じく、私服姿も普通だった。なんの変哲《へんてつ》もないクリーム色のシャツと紺のスラックスの上に、薄手のジャケットという定番の服装を纏《まと》った樋口は、まるでデパートのマネキンさながらに見える。

樋口の件で飛鳥井に妙《みょう》な言いがかりをつけられた経緯もあり、顔を合わせるのがなんとなく気まずい。

ドアの前で足を止めると、相馬の脇《わき》を通って紀野が先に中へと入っていった。先日のオークションについての発言で樋口を気に入ったのか、ちゃっかり隣《となり》に腰かけ、肩が触れるほど近くに座る。

懐《なつ》く紀野に、樋口は笑顔を向けた。

「お邪魔してます」

会釈《えしゃく》をされて、相馬も頭を下げる。踏み出した足をそのままミニキッチンへ向け、気の利かない紀野の代わりにコーヒーを淹《い》れた。

「すみませんね。こちらは仕事でやってるのに、お菓子までいただいてしまって申し訳ない」

飛鳥井が満面《まんめん》笑みで応じる。人相は悪いし、従業員に対しては常に仏頂面《ぶっちょうづら》をしているが、基本的に依頼主には愛想《あいそ》がいい。飯の種は大事にしろ、仕事には愛を持て、というのが飛鳥井の口癖《くちぐせ》だ。もちろん、飯の種というのは依頼主のことだった。

「いいえ。僕こそ、無理を聞いていただいてすみません」

とはいえ、なんとも言えず和《なご》やかな雰囲気《ふんいき》になるのは、樋口の存在があるからだろう。普段は殺伐《さつばつ》としている事務所に、のんびりとした空気が流れる。

「最良の判断だったと思いますよ。真実を白日《はくじつ》のもとにさらせばいいというものではないですし。

なにかあったら我々も寝覚めが悪い。それに、虚偽《きょぎ》の報告をしたわけではなく、オブラートに包んだだけですしね」

ある意味、飛鳥井らしい言葉だ。飛鳥井が樋口の依頼を呑《の》んだのは、金の他にも理由があったというわけだ。

田之倉は生真面目《きまじめ》で思いつめるタイプに見える。そういう人間は、追い詰められると極端《きょくたん》な行動に走りやすい。所長として、こっちに火《ひ》の粉《こ》が飛んでこないようにとの判断だろう。

相馬にしても、その危惧《きぐ》があるからスーパーに様子見に行ったのだ。

「俺も樋口さんは正しかったと思います」

普段はほとんど客と口を聞かない紀野も賛同《さんどう》する。

コーヒーを淹れる傍ら、ほほ笑む樋口を目の隅《すみ》で盗《ぬす》み見しながら、とんだ人誑《ひとたら》しだと心中で呟《つぶや》いた。

天然だか故意《こい》だか知らないが、樋口はひとを和ませるのがうまい。口が立つわけでも愛想を振りまくわけでもないのに、つい耳を傾けてしまうなにかがあるのだ。あのとき、調査結果を買い取るという樋口の申し出を突っぱねた相馬ですら、本心では迷《まよ》っていた。

トレーを手にした相馬は和気藹々《わきあいあい》と話をしている三人に歩み寄り、樋口の前にカップを置く。

「ありがとう」

樋口の笑みを目礼で躱《かわ》し、くるりと半身を返したときだった。

「あの、仕事が終わったらつき合ってくれませんか？　あ、もちろん、今日とは言いません」

誰に向けての言葉なのか計《はか》りかね、肩越しに樋口を窺う。飛鳥井と紀野の視線を感じて初めて自分に言われたのだと気づいた。

樋口に向き直った相馬は、自身の胸を指差した。

「俺、ですか?」

誘《さそ》われる理由が思い当たらず問い返すと、樋口が首を縦に振る。

「お礼とお詫《わ》びに」

遠慮《えんりょ》がちな誘いに、やはり疑問が芽生《めば》えた。

飛鳥井ではなく自分を誘う理由はなんだろう。依頼人は理恵《りえ》なので、樋口から礼をされる憶《おぼ》えはない。しかも、相馬は写真を買い取りたいという樋口の申し出を断ってしまったのだ。

「相馬さんはお礼受けませんよ。さっきも女子大生に誘われて断ったんです」

相馬が答える前に、紀野が口を挟《はさ》む。よけいなことを言うなと睨《にら》んでも、さっきの報復《ほうふく》とばかりに嫌みな言葉を並べていく。

「面倒なことになるのが厭だからですって。モテる男は言うことがちがうでしょう? 女子大生だけじゃないんですよ。これまでだって、いろんなひとにお礼と称して誘われてますからね、このひと」

紀野の皮肉《ひにく》に、感心して目を見開く樋口も樋口だ。

「そんなにモテるんだ」

「そりゃもう」

「相馬くん、格好《かっこ》いいもんね」

「まあ、ジョーのほうが格好いいですけどね」

「ジョーって？」

「GIジョー知らないんですか？」

くだらない話をするふたりに我慢《がまん》できず、ジョーについて語ろうとする紀野の口を手にしたトレーで塞《ふさ》ぎ、ぐいと押しやった。

「うわっ……なにす……っ」

うるさい抗議《こうぎ》は無視して、樋口に直接返事をする。

「お供します。今日でも大丈夫です」

相馬が承知《しょうち》するとは思っていなかったのか、樋口は一瞬、睫毛を瞬かせる。が、すぐに蕩《とろ》けそうな笑みを浮かべた。

「本当に？　よかった。あ、じゃあ、仕事終わったら連絡して。待ってるから」

よかったという言葉どおり、弾《はず》んだ声で「待ってるから」と言われ、また胸の奥がくすぐられているような感覚を覚える。おじさんのくせにやっぱり人誑しだなと思いつつ、相馬はわざと無《ぶ》愛想《あいそう》な返事をして、トレーを紀野の顔から離すとミニキッチンへ戻った。

「はあ？　面倒なことになるから断るんじゃなかったんですか」

すぐさま紀野がぶつぶつと文句を並べだす。紀野に指摘《してき》されるまでもなくどうして承知してしまったのか自分でも不可解で、やめておくべきだったと早くも悔《く》やみ始める。しかし、相馬の迷いを嘲笑《あざわら》うかのごとく、飛鳥井が口を開いた。

「相馬、おまえもう今日はあがっていいぞ」

まだ午後七時前だ。今日は午後出勤だったので、わずか数時間しか仕事をしていない。

「でも、このあと俺、紀野と猫《ねこ》の捜索《そうさく》をする予定ですが」

相馬の返答に、飛鳥井は追い払うように右手を振った。

「そんなの、俺が代わりにやっといてやる。おまえは朝までホストの仕事だったし、早上がりを許可する。くれぐれも樋口さんに失礼のないようにな」

「――――」

飛鳥井の場合、気遣いなのか嫌がらせなのかわからない。樋口をちらりと見た相馬は、渋々《しぶしぶ》承知するしかなかった。

帰り支度をして、五分後には事務所をあとにする。

「お疲れ様です」

果たしてこれからどうすればいいのかと思案する傍ら、会話もなく樋口と肩を並べて歩く。住宅街であるため、この時刻は会社や買い物から帰ってくる住民たちが多く、顔見知りに会釈をしながらどちらからともなく駅に向かう。

駅が近くなったとき、隣を歩いていたはずの樋口がいないことに気づいた。足を止めて振り返ると、三メートルほど後ろから樋口が早足でやってくる。

「ごめん。きみ、歩くのが速くて」

　このあとの予定について頭を巡《めぐ》らせていたせいで樋口が遅れていたことに気づかなかった相馬も悪いが、たったこれくらいで息を上げる樋口には唖然《あぜん》とする。

「いくらなんでも体力なさすぎでしょう」

　相馬の指摘に、すかさず反論が返った。

「コンパスの差だろ。身長がちがうし、脚の長さはもっとちがうし。言っとくけど、きみより十センチは脚が短いんだ」

　まさか自分の脚の短さを自慢《じまん》げに披露《ひろう》されるとは思わず、目を見開いた相馬は次の瞬間、ぷっと吹《ふ》き出していた。

「笑うことないだろ」

　子どもみたいに唇を尖《とが》らせる樋口が、やけに可愛《かわい》く見える。年齢や見かけはさておき、中身が可愛いのだろう、と思ったのが間違いだった。

「あなたが可愛いから」

　うっかり口に出してしまった。

「え……」

　樋口も驚《おどろ》いているようだが、相馬自身はそれ以上に驚いている。俺はいったいなにを口走っているのか、と。

　見る間に顔を赤くする樋口を前にして、こっちまで赤面しそうになり、ふいと顔を背《そむ》けてふたたび足を進める。

今度は置いて行かないように、かげんしてゆっくり歩いた。

「えー……っと、きみのよく行くお店は、どこ？」

駅に着く直前、樋口が聞いてきた。

「行きつけの店という意味ならないです。ほとんど飲みに行かないし、基本自炊《じすい》してるんで」

相馬の返答に、へえと感心した声が返る。

「自炊なんて、えらいな。僕なんて、この歳になってもいまひとつ料理が下手で、たいがいはうちのスーパーの惣菜《そうざい》を買って帰るんだ」

意外でもなんでもない。家事全般について不器用そうに見える。

「それじゃ、偏《かたよ》りませんか？」

「うん。偏るね。気をつけてるつもりでも、気づくと好きなものばっかり選んでる」

苦笑いする樋口は先に駅の改札を通ると、下り電車のホームへと向かった。どこに行こうとしているのか、なんとなく予想がつく。あの屋台、『やまや』だろう。どういうわけか、ごく普通の屋台を樋口は気に入っているようだ。

「野菜とか、もともと苦手だし」

ホームの人混みの中で、幼稚園児も同然の台詞《せりふ》を吐《は》く樋口に相馬は呆れ、首を左右に振る。

「身体によくないです。よければ今度俺が――」

直後、自分がなにを言おうとしていたのか気づいてぎょっとし、続けるつもりだった言葉を呑み込んだ。

いったいなにをしたいのか。自分で自分がわからない。樋口のペースにのせられ、調子を乱されてしまったようだ。

怪訝《けげん》そうな顔で見てくる樋口から顔を背け、

「来ましたよ、電車」

タイミングよく入ってきた電車に先に乗り込む。

数十分後。樋口の行き先は予想どおり『やまや』だった。

「こんばんは」

屋台の店主はにこやかな樋口の挨拶に、今日も軽く頭を下げるだけだ。特にメニューが豊富なわけでもうまいわけでもないこの店のどこを気に入って——と不思議に思っていたものの、なにか魅力《みりょく》があるのだろう。

「あー、落ちつくよね」

椅子《いす》に座った樋口が頬を緩めたので、まあ、と相馬は曖昧《あいまい》な相槌を打った。

比較的早い時刻のせいか、客は自分たちしかいない。悠々《ゆうゆう》と座れることもあって、これまで以上にリラックスして見える樋口は、のっけから早いペースで焼酎《しょうちゅう》の水割りを飲む。

相馬がビールを一杯飲む間に、焼きそばを肴《さかな》に三杯目のグラスを手にした頃から、くすくすと上機嫌《じょうきげん》な様子で笑い始めた。

「なんですか？」

じっと見つめられ、相馬は落ち着かない気分になる。

「なんでもないけど」

樋口はそう答えつつも、ほんのり赤くなった頬を緩めた。

「さっきはちょっと気分よかったな」

「気分よかった?」

なんのことか思い当たらず問い返すと、紀野の名前を出してきた。

「彼がさ、言ってたよね。相馬くんは面倒を避《さ》けて誘いは全部断るんだって。てっきり僕も断られると思ったから」

「………………」

それについては、どうして受けてしまったのかと悔《く》やんでいるところだ。うっかりしたと言うほかない。

「朝までホストのお仕事だったんだろ? 寝不足じゃないか」

「……べつに、大丈夫です」

一晩くらい眠らなくてもどうということはない。肉体的にもっと過酷《かこく》な仕事は過去にいくらでもあった。

「相馬くん格好いいから、きっと指名いっぱいもらうんだろうな。若くて見た目もよくて、羨《うらや》ましいくらいだよ」

どういう意図《いと》で樋口はこんなことを言うのだろう。単に酔《よ》っているだけなのか。笑顔で水を向けられ、返事に迷う。相手が樋口だけに「格好いい」なんて普通男が男に言うか? と深読みしてしまいそうになるからだ。

「それで、ふと思ったんだけど――」

樋口は言い難そうに一度言葉を切った。

「その……きみが女子大生を断って僕の誘いを受けたのは、おじさんであっても男が好きだからなのかな」

「――――」

思わず天《てん》を仰《あお》ぐ。他に客がいないとはいえ、酔いに任せてなにを言いだすのか。

以前のゲイバーでの話をまだ信じているらしい。

「あ、ごめん。こんなところで聞くことじゃなかった」

さすがに樋口も気づいたようで、屋台の店主の顔色を窺《うかが》うとすぐに謝罪してくる。申し訳なさそうな上目で見つめられて、相馬はビールをぐっと呷《あお》った。

「普通は聞かないいし、いまの言い方だと、自信過剰《かじょう》だと思われてもしょうがないですよ」

「え……あっ。そんなつもりじゃないからっ」

ほんのりと染まっていた顔に、いっそうの赤みが差す。慌《あわ》てた様子で顔の前で右手を振る樋口に、なんだよと口中でぼそりとこぼした。樋口への不満ではなく――どちらかといえば自分自身にだ。

慌てる樋口を見ても不愉快《ふゆかい》にならないという事実が、相馬にとっては衝撃《しょうげき》だった。

「おや。今日はめずらしい組み合わせですね」

例の紳士《しんし》がやってきた。物好きにも常連客らしい彼は、樋口と相馬を見て意味深長《いみしんちょう》な笑みを浮かべた。

「いつもご友人と来てたのに、今日はこっちの彼と一緒だなんて、案外隅に置けませんね」

もとよりご友人というのは田之倉のことだ。田之倉が樋口に執心《しゅうしん》なのは、彼の目にも明らかだったのだろう。

だとしても、いまのジョークは笑えない。

「浮気は駄目《だめ》ですよ」

彼本人は面白いとでも思っているのか、肩を揺らして笑う。

こいつもホモネタかよと、いささか食傷《しょくしょう》ぎみで返事をしなかったのに、当の樋口が真に受けて、あたふたとする。

「滅相《めっそう》もない！　相馬くんとはそんなんじゃないです。お世話になったので、今日はお礼に誘っただけですから」

「わー、むきになるとますます怪《あや》しいなあ」

狼狽《うろた》える樋口を男が面白がっているのは明白で、相馬はふたりの間にぐいと身を入れて割り込んだ。くだらないやり取りを終わらせるためだったが、他にも気になることがあった。

「なんだか、じっとこちらを睨んでる方がいますけど？」

数メートル向こうに立っている青年を視線で示す。相馬には見憶えのない顔なので、知っているとすれば樋口か男だろう。

と、予想したが、どうやら正解だったようだ。青年を見た男の表情が一変した。

直後、駆け出した青年を男が追いかける。男の恋人か、などと真っ先に考えた自分に毒《どく》されすぎだとうんざりした。

「僕のせいで……変な誤解されてしまった」

樋口は樋口で、男のジョークをいまだ引きずって、がくりと肩を落とす。

その後はどことなく気まずい数十分を過ごし、相馬からお開きを切り出した。

「今日はありがとうございました」

勘定《かんじょう》をすませた樋口に礼を言うと、樋口は目尻《めじり》に皺《しわ》ができるのも構わず満面に笑みを浮かべた。

「僕のほうこそお礼言わなきゃ。つき合ってくれてありがとう」

頭を下げられ、妙《みょう》な心地《ここち》になる。大人になると誰しも体裁《ていさい》や自尊心《じそんしん》ゆえに取《と》り繕《つくろ》うものだし、樋口もそうだろうが、たまにふいを突かれるときがある。おそらくそれは、さらりと口にされる飾《かざ》らない一言のせいだろう。根っこの部分で樋口は素直《すなお》なのだ。

「――頭の天辺《てっぺん》に白髪《しらが》がありますよ」

妙に照れくさくなり、わざとそう言った。

「え、本当に？　厭だな。どこ？」

慌てて頭頂部に両手をやる樋口から、相馬はふいと視線を外《はず》す。

「送っていきます」

これについても、女の子でもあるまいし送っていく必要なんてないと重々わかっているのに、申し出てしまう自分が不思議《ふしぎ》でたまらなかった。

「白髪……」

屋台を出て駅に向かう間も、樋口は頭頂部を気にする。いまさら嘘だとは言えず彼の頭に手をやった相馬は適当に一本引き抜いた。

ありがとう、などと礼を言われると、くだらない嘘をついた自分が馬鹿らしくなってくる。

「樋口さんくらいの歳になれば、白髪の一本や二本あって当然でしょう」

樋口に合わせてゆっくり歩きながら、さりげなく横顔を窺う。やはり、最初の印象と同じく「普通」「年齢相応」「地味《じみ》」という表現がしっくりくる。一方で、どことなく可愛《かわい》げを感じてしまうのは、多少なりとも樋口という人間を知ってしまったせいだろう。

「そりゃあね。でも、きみに指摘《してき》されるのはちょっと……」

樋口が気まずそうに唇を尖《とが》らせる。

「ちょっと、なんですか?」

拗《す》ねているようにも見える表情に、なんて顔をするんだと思いつつ問い返すと、

「だから……ちょっと、だよ」

意味不明の答えが返る。かと思えば、いきなり樋口の歩みが速くなった。駅に着いて改札を抜けてからも、小走りでホームへの階段を駆け上がる。

ちょうど来た電車に飛び乗る背中を追って相馬も乗車したが、車中の数十分間、樋口は一言も口を利かなかった。

機嫌《きげん》を損ねることをしただろうかと考えるが、思い当たるふしはない。電車を降りて樋口の自宅のあるマンションに向かう道すがら、仕方なく相馬は樋口自身に尋ねた。

「俺、なにか気に障《さわ》ること言いましたか。もしかして、白髪があるって言ったこと気にしてるなら、あれ、嘘ですから」

「……そんなんじゃない」

かぶりを振られても、表情がなにかあると語っている。樋口がこれだけこだわるのだから、よほど失礼なことを口走ったのだろうと思い、マンションの玄関から中へ入り、五階に向かうエレベーターの中で相馬は謝罪した。

「俺、紀野にもデリカシーがないって怒られるんです。もしなにか厭な言い方してたなら、すみません」

チンと音がして、エレベーターの扉が開く。先に降りた樋口は、自室のドアの前まで来ると、渋面《じゅうめん》のまま口早に言い募《つの》った。

「謝らないでくれ。きみは悪くないんだ。僕が勝手に機嫌を損ねただけで……。きみに白髪の一本や二本あっても当然の年齢だって言われて、自分が年甲斐《としがい》もなく浮かれてることに気づいたんだ。それが恥ずかしくて」

言葉どおり、樋口は恥ずかしそうに睫毛を伏《ふ》せる。

唇を噛《か》んだせいで、前歯が覗いた。中年なのに、真珠《しんじゅ》みたいな歯だ。

「きみは、僕みたいなおじさんと飲んでも愉《たの》しくなかっただろう」

ドアを開けた樋口が、逃げるように中へ入った。

「あ」

慌てるあまりどこかに躓《つまず》いたのか、小さく声を上げると同時に前のめりになる。反射的に両手を伸ばした相馬は、樋口の身体を抱き留めた。

「なにやってるんですか」

「あ……ありがとう」

相馬の肩口で樋口が吐息をこぼす。

「最近、めっきり酒が弱くなってしまったみたいだ」

すぐに離れるかと思えば、両手で相馬の腕に摑まった状態で苦笑いする。アルコールのせいか、今日は一段と無防備《むぼうび》だ。

「――気をつけてください」

相馬もあえて樋口を支えたままで靴を脱ぐ。いいおじさんを玄関まで送っていくこと自体どうかと思うのに、部屋にまで上がるなんて、どうかしているとしか思えない。

「大丈夫だから。自分でちゃんと歩ける」

だったらなんで離れない。と、言ってやりたいが、相馬にしてもここにいる時点で樋口ひとりを責めるのはお門違《かどちが》いだろう。

「そっちが、リビング。コーヒーでも飲んでいって」

樋口が右手のドアを示した。なぜか密着《みっちゃく》したままリビングダイニングに入るはめになった相馬は、部屋の中央に置かれたソファを目にしてほっとする。ソファに樋口を座らせてすぐに帰ろうと思ったからだが——そううまくはいかなかった。どういうつもりか、いきなり樋口が相馬の胸元に手を当ててきたからだ。

眉《まゆ》をひそめても樋口は気づかず、なおもあちこち触ってきた。

「相馬くんって、すらっとしてるから痩《や》せてるのかと思ったけど、結構しっかり筋肉ついてるんだな」

樋口のことだから他意はないのだろう。いや、無意識の行動だからこそ、たちが悪いとも言える。

「最近の子って、みんなこうなんだ？　それとも、相馬くんが特別？」

あまりに警戒心《けいかいしん》がない。もとより相馬相手に警戒する必要はないが、田之倉の一件に懲りず他の人間にもこんな態度を取っているのだとすれば……隙《すき》だらけでいるとどんな目に遭《あ》うか、知らしめておかなければならないような気になってくる。

「僕なんか、このへんたぷたぷなのに……やっぱり、ちょっとは鍛《きた》えるべきかな」

相馬の胸に手を置いたまま、樋口は自身の腹をジャケットの上からぽんぽんと叩いた。まるで小動物のような動きをする手を、相馬は咄嗟《とっさ》に掴んでいた。

「最近のおじさんは、みんなこうなんですか？　それとも、樋口さんだけ？」

「え」

相馬の問いに、樋口は訝《いぶか》しげな表情で首を傾《かし》げる。その顔を見た瞬間、例の胸の疼《うず》きに襲《おそ》われた。

「僕だけ……って、なにが？」

上目遣いで見つめられてしまえば、疼きと苛立《いらだ》ちに同時に襲われ、平静ではいられなかった。

「だから、送ってきた男を誘うのかって聞いてるんですよ」

頭の隅には理性があって、なに馬鹿なことを聞いているんだと自身を戒《いまし》める気持ちもちゃんとあるというのに、もはや引き返せない。

「誘うって……そんなことするわけないだろ。そもそもこの部屋に誰か連れてくるのですら久しぶりなんだし」

むっとしたのか、樋口が睨んできたからだ。視線が絡《から》み合《あ》った途端《とたん》、胸の疼きが一気に身体の中心へ向かい、抗《あらが》いがたい強い衝動《しょうどう》が込み上げてきて、気がついたら樋口の身体に両腕を回して嚙みつくように口づけていた。

「え、相……んっ」

樋口が小さく喉《のど》を鳴らす。軽く身動《みじろ》ぎしたが、それだけだ。

――なんで抵抗しないんだっ。

心中で樋口を責めた相馬は、半ば強引に樋口の唇を割り、口中に舌《した》を突っ込んだ。

「うん、ん」

やけに色っぽく鼻を鳴らす樋口に、やめるどころか衝動は募る。中年男の樋口を、押し倒してどうにかしてやりたいと思う自分が信じられない。

「あう」

上顎《うわあご》を舌先で辿ってやると、樋口が身体を捩《よじ》った。その反応と濡《ぬ》れた声に煽《あお》られ、いっそう身体を密着させる。しかも自分でも気づかないうちに樋口の上着を捲《まく》り上げ、シャツの裾《すそ》をズボンから引き抜いていた。

頭と身体が切り離されたような感覚に戸惑《とまど》いはあるのに、やめることができない。口中の隅々《すみずみ》まで舌で探りながら、骨《ほね》ばった背中をまさぐる。やわらかい部分など皆無なのに、手触りは滑《なめ》らかだった。

さんざん口を吸ってから、樋口の衣服を脱がしてしまおうと一度身を離した。すとんとその場にしゃがみ込んだ樋口は、自《みずか》ら眼鏡《めがね》を外して潤《うる》んだ瞳《ひとみ》で相馬を見上げてきた。

「眼鏡が曇《くも》った。こんなすごいキス……初めてだ」

そのへんの中年男に言われたら、間違いなくドン引きする一言だ。それなのに、いまは樋口に見つめられ、くさい台詞を聞かされて明確な欲望を覚える。

「そういうこと、言うもんじゃないです」

昂奮《こうふん》するだろ。そう心中で吐き捨てると、相馬は衝動に任せて樋口の上着に手を伸ばした。もちろん脱がせるためだ。

＊＊＊

「あ……相馬く……ん」

ぐいと相馬に身体を引っ張り上げられ、強制的《きょうせいてき》にソファに座らされたかと思うと、アンダーウエアの上から身体をまさぐられる。正直、酔いなどキスされた瞬間に吹き飛んでいたが、酔ったとき以上に頭がくらくらして、呼吸をするのも難しくなる。

樋口が思っていたよりずっと器用な手に、普段はなにも感じない場所からなんとも甘い感覚を暴《あば》き出され、ひどく困惑《こんわく》していた。

「どうして……こんなこと」

自分なんかを相手にするのか、という意味で問う。が、どうやら相馬は勘違いしたらしい。

「あんたも厭《いや》がってないじゃないですか」

相馬の言葉の真意に、指摘されてから気づく。驚くべきことだが、キスされて衣服のうえからちょっと触られただけで中心を膨《ふく》らませてしまっていたのだ。元来性的なことには淡泊《たんぱく》なたちだったのに——自分の状態に樋口自身が一番驚いている。

「それは、だって……きみが変な触り方するから」

年長者として、いや、それ以前にあまりに軽薄な自分が恥ずかしくなり、つい言い訳をした樋口に、へえと相馬が苛立ったような口調になる。

「俺のせいですか」

「……そういう、わけじゃ……っ」

否定しようとしたが、いつの間にシャツの釦《ぼたん》を外していたのか、上着と一緒にシャツを剝《は》ぎ取られてびっくりする。

「……すごい」

あまりの手際《てぎわ》のよさに、狼狽《ろうばい》半分、感心半分で声を上げる間にもアンダーウエアを捲り上げられた。

「ひぁ」

素肌の胸を触られ、おかしな声が出た。相馬は、真っ平らな胸が申し訳なくなるほど丹念《たんねん》に撫《な》で回しながら、またキスをしてくる。

男だから胸なんてなにも感じないのに、と思ったはずの樋口も、いつしかじんわりとした快感《かいかん》を覚え始めた。

「あうっ」

いきなり乳首を抓《つ》まれて、ちくりとした痛みが走った。

ふっと相馬が目を細める。

「おじさんのくせに、乳首が感じるんですか」

相馬の言うとおり、感じたのは痛みだけではなかった。痛みのあとから、ぞくぞくとした痺《しび》れが背すじを這《は》い上がっていく。

「か……んじて、なんて」

おじさんのくせに乳首を弄《いじ》られて気持ちよくなってしまうなんて、笑われるのは当然だ。しかし、びっくりしたのは本当で、いままで乳首なんて意識したことすらなかった。

きっと変な顔をしている。そう思うと我慢できず、両手を顔にやった。

「なに隠《かく》してるんですか」

相馬は許してくれずに、すぐに外してしまう。

「今度隠そうとしたら、両手首を縛《しば》りますよ」

「……っ」

声が漏《も》れそうになって、咄嗟《とっさ》に唇を噛む。まさか縛ると言われた言葉にも感じるなんて――どうかしてしまったようだ。

いや、どうかしているとすれば相馬だろう。こんな中年男に手を出さなくても、いくらでも格好いい若い子が相手をしてくれるにちがいないのに。

「ううう」

乳首をべろりと舐《な》められた。ぎゅっと目を瞑《つむ》り、唇を噛んで必死で声を我慢する。口に含まれ、舌先で転がされ、時折《ときおり》軽く歯を立てられ、硬《かた》く尖《とが》っている自分の乳首を否応なく意識する。それと同時に、スラックスの中が熱くなってきて、じっとしていられなくなった樋口はいつしか膝《ひざ》を擦り合わせていた。

「相馬く……ん、あの……もう、やめてくれないかな」」

まさか相馬の前で自分で触るわけにもいかず、切れ切れに訴《うった》える。

「こんな状態で?」

怒っているらしい相馬はひどく迫力のある目を向けてきたかと思うと、樋口のスラックスの前をくつろげ、盛り上がっているトランクスを見下ろして唇の端《はし》を上げた。

「乳首舐めただけで濡らしてるくせして、『やめてくれないか』?」

呆れた口調に羞恥心《しゅうちしん》が増す。しかも、樋口の中心は相馬の指摘に萎《な》えるどころか、いっそう硬くなったのだ。

どうなっているのか、もはや自分で自分がわからなくなる。

「しょうがないじゃないかっ……僕だって、こんなのわからな……ひっ」

直後、あり得ない衝撃に語尾が上擦《うわず》った。もちろん口でやってもらったことは過去にもある。忘れるほど過去だが、初めてではないのに、相馬にされるなんて微塵《みじん》も想像していなかった樋口にとって、ショックは大きかった。

「あ、あう、そんな……っ」

快感《かいかん》に身悶《みもだ》えする樋口に構わず、相馬は下着をずらして先端《せんたん》を口に含《ふく》んでしまう。舌を使って弱い場所を舐め回されて、勝手に腰が浮いた。

「駄目《だめ》だ……駄目《だめ》っ……も、出るっ」

あっという間に絶頂感《ぜっちょうかん》に襲《おそ》われ、相馬の頭を両手で押した。口の中に出すわけにはいかないとわずかな自制心による行動だったが、結局は同じことだった。

「あぁ……んっ」

樋口は、相馬の顔に思いきりかけてしまったのだ。

「ご、ご、ごめんっ」

慌てて袖《そで》に引っかかっていたシャツで相馬の顔を拭《ふ》く。穴があったら入りたいとはこのことだ。おかげで多少頭が冷えたのだが、それも一瞬のことだった。

「相馬、く……っ」

相馬にスラックスと下着を脱《ぬ》がされ、咄嗟に身を縮《ちぢ》める。着衣の人間に対して、素《す》っ裸《ぱだか》をさらして平気でいられるほど身体に自信はない。すぐさま逃げ出そうとソファから尻《しり》を浮かせたものの、激しいキスでそれどころではなくなった。

恥ずかしいのに、それを上回る快感に負けてしまう。

こんなふうになったのは、これまでのけっして多いとは言えない経験の中で今回が初めてだ。

そういえば性器を舐められた口だった――と気づいても嫌悪感《けんおかん》を抱《いだ》くどころかより昂奮してくる。

「指、舐めて」

口づけの合間に、相馬が自身の指を唇に押しつけてきた。抗う余裕もなく口内に入り込んできた長い中指に、請《こ》われるまま舌を這わせる。

ただ指を舐めているだけなのに、なぜかその舐める行為が気持ちよくなってきて、気がついたら夢中で相馬の指をちゅうちゅう吸《す》っていた。

「あんた、どんだけエロいんだよ」

相馬に揶揄《やゆ》されても反論のしようがない。自分でもおかしいと思っているのだ。

「あうん」

口から指を抜かれたときには、思わず不満の声が漏れたほどだった。けれど、すぐにそれどころではなくなった。樋口の唾液《だえき》で濡れた指を相馬があらぬ場所へ滑《すべ》らせたせいだ。

「わ、駄目だ……そんなところ……汚……っ」

驚いて、両手で相馬の胸を押す。相馬の指を汚してしまうのが厭だったのだが、相馬は樋口の身体をソファから引《ひ》き摺《ず》り下ろして体重で押さえつけてくると、指で後孔を抉《こ》じ開《あ》け、挿入《そうにゅう》してきた。

「わ、わ……ぁんっ」

床に這う姿勢を強《し》いられ狼狽《うろた》える樋口に、相馬が眉間《みけん》の皺《しわ》を深くする。怒っているように見えるが、首筋《くびすじ》に触れてくる荒々《あらあら》しい呼吸で昂奮しているのだとわかった。

「指だけだから、脚、閉じてて」

いつもより掠《かす》れた声で請われて拒絶《きょぜつ》するのは難しい。体内の長い指を意識しながら、わけもわからないままに内腿《うちもも》に力を入れる。

「ふ……」

相馬が、うなじで大きく息をついた。ぶるりと震えた樋口は、直後、自分の身になにが起こっているのかを悟《さと》った。

「あ……相馬く……っ」

後ろから太腿《ふともも》に滑り込んできたのは、相馬自身だ。指で体内深くを探られながら、身体に見合って大きく硬い相馬に内腿と性器を擦られ、快感が脳天まで駆け抜ける。

「あ、あ、ぁう、ん」

自分のものとは思えないはしたない声がひっきりなしにこぼれても、すでに恥ずかしがる余裕もない。

室内に響《ひび》く相馬の息遣いや自分の喘《あえ》ぎ声《ごえ》、性器の擦れる濡れた音に脳まで侵《おか》される。発熱したときのように頭の中がぼうっとして、身体じゅうの汗腺《かんせん》が開きっぱなしになったかのような感覚に襲われた。

「こんなの、信じられない……あ、や……動かしたら、中……駄目」

肩越しに涙でぼやけた視界の中にいる相馬に懇願《こんがん》する。が、いっそう顔をしかめた相馬は聞き入れてくれるどころか、樋口の股《また》を擦るリズムに合わせて指で奥を突いてくる。

「なにが駄目？　……あんたがこんなに漏らしてんでしょうに」

「あぅ」

相馬の手が性器に触れてきた。先端を弄られたとき、ぬるりとした感触がして相馬の言葉が嘘ではないと知る。

だが、視線をそこへやったのはまずかった。自分の性器からあふれた蜜《みつ》が床まで糸を引いている様を目にして、樋口は一際《ひときわ》高い声を上げた。

「……んだよ、あんた」

吐き捨てるように言われたかと思うと、うなじに歯を立てられる。樋口が感じたのは快感のみで、思考の理性も吹き飛んだ。性器を擦られ、体内を指で突かれながら激しい絶頂に背をしならせた。

「ううう、あう」

ぱたぱたと床に精液が飛び散る。全身で滞《とどこお》っていた熱を一気に解放する愉悦《ゆえつ》は、凄《すさ》まじい。我を忘れ、一瞬にして頭の中が真っ白になる。

「あうう……ん」

射精すると同時に、耳を塞《ふさ》ぎたくなるほどいやらしい声を上げた樋口は、意思とは関係なく相馬の指を締めつけてしまう。それでも強引に相馬は中を擦り立てると、力の入らなくなった樋口の太腿から自身を抜き、最後は手で扱《しご》いて達した。

「は、う……っ」

精も根も尽《つ》き果《は》て、胸を喘がせながら床に頽《くずお》れ腹ばいになった樋口は、目の隅で相馬を見る。絶頂の余韻《よいん》の中、汗で張りついた前髪を掻《か》き上げる姿はいつになく気だるげで、そういう目で見るからか男の色気を感じた。

「――膝《ひざ》、大丈夫ですか」

直後視線が合い、慌てて床に顔を伏せる。

「あ……なんとか」

急激な羞恥心と戸惑い、同時に、なぜこんなことになったのだろうと疑問が湧《わ》いてくる。

いきなりキスされたのがきっかけだ。でも、どうしてキスされるような事態になったのだろうか。

「風邪《かぜ》引くとまずいんで、服着てください」

「……ああ」

両手を床について身を起こそうとした樋口だったが、その前に相馬にぐいと身体を持ち上げられる。

「すまない」

ソファに座らされて、手渡された衣服を着る間、相馬自身は背中を向けて床をティッシュで拭いていたが、やはり苛立っているようにも見えた。

「襲われておいて、なに言ってるんですか。あんたがそんなだから俺は──」

先は口にされない。相馬がどういうつもりなのか知らないが、襲われておいてという部分は訂《てい》正《せい》しておきたかった。

相馬のためというより、樋口自身のためだ。

「無理やりじゃなかったから、『襲われて』なんかない」

確かに驚いたものの、抵抗しようと思えばできたはずだった。しなかったのは、厭ではなかったからだ。

「──送るだけで、こんなことするつもりじゃなかったんです」

それゆえ、相馬のこの一言には少なからず傷ついた。やはり中年男なんか相手にしたのは間違いだったと後悔《こうかい》しているように聞こえたのだ。

「僕は……なんとなく想像してたかな」

多少自虐的《じぎゃくてき》な気分で口にする。相馬がキスしてきた理由はさておき、自分の心情なら説明するのは容易《たやす》かった。抵抗しなかったのは、おそらく相馬に好意を持っているせいだろう。

相馬がゲイだと知ったとき、不謹慎《ふきんしん》にも自分に告白してきたのが田之倉ではなく相馬だったらと考えた。その時点で自分が相馬に対してなんらかの感情を抱いていたのは確かだ。

しかし、これはよけいな一言だったらしい。

「想像してた？」

振り返った相馬の眉間には、これまでとはちがう深い縦皺が刻《きざ》まれていた。樋口を見る目にも、さっきまでの熱はもうない。

「あ……だから、きみに誘ってるのかって言われてちがうって否定したけど、自信がなくなったって話。そういうわけなんで、気にしないでいいから」

後悔も謝罪もされたくない一心で言葉を重ねた樋口に、相馬は嗤笑《ししょう》を浮かべた。

「ああ、忘れてました。そういや、あんた、男誑《おとこたら》しでしたね。ゲイじゃない俺まで、まんまと罠《わな》にはまりましたよ」

「え」

とはいえ、まさかこんな言い方をされるとは思いもしていなかった。

「男を誘いたいなら、田之倉さんでよかったじゃないですか。彼じゃ満足できなかった？　それとも一回寝た相手は飽《あ》きる？」

否定しようにも、あまりにひどい言われように呆然《ぼうぜん》としてしまって言葉が出てこない。ソファに座ったまま、ただ相馬を見つめる。

舌打ちをした相馬が、無言で踵《きびす》を返した。

引き留めたかったが、やはりなにも浮かばず、樋口は黙ってドアの閉まる音を聞いた。

どうしてここで田之倉の名前が出てきたのかわからない。相馬は樋口の言葉を誤解したようだが、頭が回らないため言い訳ひとつ浮かばず、ぶつけられた罵倒《ばとう》の数々が脳裏で反芻《はんすう》されるばかりだった。

「……ゲイじゃなかったんだ」

それについては納得できる。ゲイバーで聞いたときは、樋口に不信感を抱かせないためにゲイと答えたのだろう。

ゲイでないなら、なぜ自分にこんな真似《まね》をしたのか。相馬に関しては、わからないことだらけだ。

でも、ひとつだけははっきりしている。どうやら自分は彼に嫌われてしまったらしい。

「……なんでかな」

ぽつりと呟《つぶや》いた自分の声の頼りなさに動揺した樋口は、大きく肩を落とすと頭をぽりぽりと掻いた。多少どころか自分がかなりショックを受けていると気づいたからだ。

仕事の休憩中、いつもの場所で缶《かん》コーヒーを飲んでいると、通りかかった若いアルバイトが樋口を見て足を止めた。

「店長、お疲れですね」

自分ではいつもと同じつもりでいたが、やはり昨日の件が尾を引いているのかもしれない。仕事中は身体の痛みや腰のだるさを忘れているが、ふと気を抜くと、昨日の出来事を思い出して鬱々《うつうつ》とした気持ちになる。

どうせもう会わないだろうから気にすることはない。割り切るべきだというのはわかっている。気にしたところでしようがないのも承知のうえで、相馬に嫌われてしまった事実に落ち込んでしまうのだ。

なにが彼をあれほど怒らせたのか、それすらわからない。そもそも相馬はなぜ自分なんかに手を出してきたのだろうか。と、昨夜《ゆうべ》からずっと考えが堂々巡《めぐ》りしている。

「若い子って、衝動的に襲いかかったりするものだっけ？」

愚《おろ》かな質問だと百も承知で口にする。

「え、なにかあったんですか？　いきなりそんなこと聞くなんて」

アルバイトが目を白黒させるのも当然だ。でも、樋口にはまったく見当もつかないのだからしようがない。お手上げだった。

「もしかして、店長、若い子に迫《せま》られたんですか？　隅に置けないですね」

「迫られてなんてないよ。僕の話じゃないし」

まさか事実を話すわけにはいかず、ひやかしてくるアルバイトを苦笑いではぐらかす。残念そうに肩をすくめたアルバイトは、真面目《まじめ》な顔で顎を引いた。

「そりゃあ、そんな気分のときもありますよ。でも、無理強《むりじ》いしたら最低でしょう。動物じゃないんだから、我慢するしかないです」

もっともな言い分だとは思うが、納得できる答えには程遠かった。相馬は最低でも動物でもなく、むしろ年齢よりも大人びている。

「相手が同意したら、我慢しなくていいよね」

樋口の質問に、考えるまでもないとばかりにアルバイトが笑った。

「店長、それじゃ『衝動』なんじゃなく、プレイになりますから。強引プレイ」

なるほどそうか。結局は、抗わなかった自分が発端《ほったん》か。相馬がたまたまそういう衝動に駆られたときに自分がいて、抵抗しなかったから、昨夜のようなことになったというわけか。

「店長を悩ませるなんて、その子、やりますね。店長、そっち方面マジで興味薄そうだし、面倒くさがりそうですもんね」

二十歳そこそこの青年に、自分の話だとあっさり見破《みやぶ》られたうえ、面倒くさがりそうと評《ひょう》されて追い打ちをかけられたような気分になる。恋愛が苦手なのは、確かに基本面倒くさがりの性格のせいもあるだろう。もっとも、こんなおじさんを相手にしたことなど、いま頃、相馬は忘れているかもしれない。じつは傍目《はため》から見るより酔っていて、まったく憶えていないという可能性もある。きっとそうにちがいない。

それなら自分も忘れるべきだ――そう思うのに実際は難しい。昨夜から厭というほど考えて、頭も心も相馬でいっぱいだった。

「ありがとう」

アルバイトに礼を言って、この件は無理やり脇《わき》に押しやり店内へ戻る。商品の追加をしているスタッフに歩み寄ったとき、視線を感じた樋口はそちらへと顔を向けた。

菓子《かし》コーナーの隅に立っている青年と一瞬だけ目が合う。すぐさま目を伏せた彼の名前は、小《こ》林信一《ばやししんいち》。近所に住む二十歳の青年だ。

挙動不審《きょどうふしん》の小林は、スタッフ間では要注意人物にあげられている。万引きを疑ってのことだが、これまでのところその気配はなかった。

無職でアルバイトすらしておらず、ほとんど引きこもり状態で、樋口の店には週三の割合でやってくる。惣菜《そうざい》を買うときもあれば、なにも買わずに帰っていくときもある。

彼の姿を見かけるようになって半年。樋口は、そのたびに声をかけるよう心掛けていた。もちろん万引きの心配もあるが、二十歳の青年が引きこもっているという事実が気がかりなのだ。整った顔立ちをしているのに、いつも背中を丸めている姿はどうしたって心配になる。

「こんにちは」

笑顔で近づいていった樋口に、小林はあからさまにそわそわとし始める。けっして樋口を見ようとはせず、下を向いたままだ。

「それ、この前も買ってただろ？　おいしいよな。僕も好きなんだけど、さすがにこの歳じゃ、こういう菓子は買いにくいね」

小林の手にあるチョコスナック菓子を見て言うと、微《かす》かながら顎が上下した。話しかけても無反応だったときと比べれば、大きな進歩に嬉《うれ》しくなる。

「あ、けど、菓子ばっかり食べてたら駄目だよ。若いうちはよくても、僕くらいおじさんになったときに後悔するからね」

「…………」

樋口の忠告《ちゅうこく》をどう受け取ったのか、小林がぎゅっと唇を引き結ぶ。かと思うと、その場から無言で去っていった。あまりの速さに声をかける隙もない。

「あー……よけいなお世話だったか」

失敗した。急に馴《な》れ馴《な》れしくしすぎたと反省し、首の後ろを掻いた樋口は仕事を再開した。忙《いそが》しくしていると、あっという間に勤務時間が過《す》ぎる。いつもどおりその後一時間ほどで雑務をすませたあとは、フロアチーフに任せて通用口から外へ出た。

「樋口さん」

名前を呼ばれたとき、最初は従業員の誰かかと思った。しかし、次の瞬間、駐車場に停めたワゴン車の傍《そば》に立つすらりとしたシルエットに樋口は息を呑んだ。

「……相馬くん」

歩み寄ってきた相馬は、ひどく落ち着かない様子だった。仏頂面で唇を何度か舐めたあと、

「時間取れませんか。話がしたいです」

言い難そうに切り出してきた。こういうところに相馬の誠実さが表れていると、思わず頰が緩《ゆる》む。どうやら自分は、忘れられてないことが嬉しいらしい。

「なんで笑うんですか。こっちは突っぱねられる覚悟できてるのに……俺はあんたを襲ったあげく、侮辱《ぶじょく》した男なんですよ」

信じられないとばかりに眦《まなじり》を吊《つ》り上げて吐き捨てられても同じだ。怒りなんて感情は樋口の中のどこを探しても見当たらない。

「笑ってなんかない。ただ、きみが来てくれるなんて思ってなかったから――」

本当は嬉しかったと続けたかったが、あえて口を噤《つぐ》む。大人としての見栄と、調子にのらないよう自制の意味もあった。

相馬はしかめ面になって舌打ちをする。その表情を前にして、そうかと気づいた。相馬が顔をしかめたり、ぞんざいな口調になるのは不機嫌だからではなく、どうやら照れ隠しのようだ。その発見に機嫌をよくした樋口は、

「――こんなところで立ち話もあれだから、近くのカフェにでも入ろうか」

スーパーの近くにできたばかりのカフェに誘った――その直後。

「樋口」

背後から声がかかり、近づいてきたのは田之倉だった。田之倉は相馬を見ると、不満そうにぎゅっと鼻に皺を寄せた。

「まだそいつに会ってるのか」

いつも颯爽《さっそう》としている田之倉なのに、いまは憔悴《しょうすい》して見える。常に整えられていた前髪が乱れているせいだろう、一気に歳を重ねたようだ。すぐ傍《そば》までやってくると、目の下のクマもはっきり見てとれた。

「その台詞、まんま返しますよ」

田之倉から庇《かば》うように、相馬が樋口の前に出た。

「姿を見なかったから、あきらめたかと思ったのに」

相馬の言葉にはっとする。いまのは、田之倉絡みの仕事が終わってからも樋口の身辺に注意していたと受け取れる。

「おまえには関係ない。外してくれ」

田之倉が相馬を睨む。

「あんたも懲《こ》りないひとですね」

相馬も喧嘩腰《けんかごし》だ。険悪《けんあく》なムードのふたりを前にして、樋口の言うことは決まっていた。

「相馬くん、行こう」

声をかけると同時に歩きだす。選択の余地もない。

「待ってくれ」

田之倉が呼び止めてきた。

「俺は……妻と別れることになった。また友だちとして、やり直してくれないか」

そんなことを言う田之倉に、思わずかっとなった。以前の田之倉なら、けっしてこんな台詞は口にしなかったはずだ。離婚するはめになったのも、友だち関係を解消する結果になったのも、すべて田之倉自身が選んだことなのだから。

離婚するから友だちに戻ろうなんて、虫がよすぎる。俺がどんな気持ちで絶縁《ぜつえん》を告げたと思っているのかと、責めてやりたかった。

「無理だ」

田之倉を見据《みす》えて突き放す。

「……そうか——そうだよな」

樋口の答えはとっくにわかっていたのだろう、悪かったと田之倉は一言こぼすと、ひどく疲れた様子で黙ってその場を離れていった。

一瞬、呼び止めたい衝動に駆《か》られるが、田之倉の想いには応えられないのだから樋口自身が揺らぐわけにはいかなかった。

「大丈夫ですか」

相馬に問われて、身を硬くしていたことに気づく。田之倉相手に緊張《きんちょう》するなんて初めてで、もう友だちではなくなったのだと実感する。

「僕のこと冷たい男だと思うだろ?」

自分でも思う。離婚するはめになったかつての友人を追い返すなんて、冷淡《れいたん》な男だ。しかも、罪悪感《ざいあくかん》はほとんどない。

「冷たい？　俺からすれば十分お人よしです。自分から友人の立場を放棄《ほうき》した男のために、落ち込んでやる必要なんてありません」

そう答えると同時に、相馬の手が頭にのる。髪をくしゃりと摑んだだけですぐに離れていったが、まさか慰《なぐさ》められるとは思っていなかったので不意打ちだった。

年甲斐《としがい》もなくどきどきしながら、目を伏せる。

「相馬くんって――」

なんで僕に優しくしてくれるんだ？

喉まで出かけた問いかけに、自分で驚く。どういう返答を期待して、そんなことを聞こうというのだ。

「俺が、なんですか？」

怪訝な顔をされて、咄嗟に苦笑でごまかす。

「いや、モテるっていうのは聞いてたけど、やっぱり僕みたいな平凡な男とはちがうなって思ったんだ」

相馬は、渋《しぶ》い顔で親指と人差し指で鼻間を押さえた。

「それ、素《す》で言ってます？　それとも牽制《けんせい》？」

「え」

牽制というのはどういう意味なのか。いや、どうして自分が相馬を牽制する必要があるのか、わからないのはそちらだ。指を離した相馬は、いいですけどねと続け、ふいとそっぽを向いた。

「邪魔が入ったので、カフェはまたにしましょう。送っていきます」

おそらく樋口を気遣ってのことだろう。相馬がなにを言うつもりだったのか気になったが、樋口にしても冷静に話せるかどうか自信がなくなった。

「送ってくれなくてもいいよ。女の子じゃないんだから」

「でも、田之倉さんがまだ近くにいるかもしれないでしょう。もっと警戒すべきです」

意外に心配性らしい相馬に、樋口は平気だとかぶりを振った。

「田之倉のことならよく知ってるし――ひとりになりたいんだ」

礼を言って、踵《きびす》を返す。踏み出した足を、一度止めた。

「あのさ。前にきみにゲイなのかって聞かれて、わからないって答えたけど……わかったよ。きっと僕は男色家なんだ」

でなければ、相馬との行為であれほど乱れるはずがない。女性とのセックスで我を忘れたことなど一度としてなかったのだから。

相馬の返答は聞かず、会釈だけをして駅へ向かう。

ひとりになりたいというのは逃げ口上だった。なぜなら、いま樋口の胸を占めているのは長年の友人である田之倉ではなく、相馬だ。

こんなときに男色家なんて口にしたのは、ゲイじゃないと言った相馬に対しての開き直りなのかもしれない。

本当に自分はひどい男だと自嘲《じちょう》しながら、ひとり帰路についた。

5

午後、相馬と紀野が命じられたのは、住人が夜逃げをしたというアパートの部屋の清掃だった。依頼主ができるだけ早くとせっついたらしいが、その理由は現場に到着するとすぐに判明した。

「あー……これは、家主さんが怒《おお》るわけだ」

2DKの部屋は、目を覆わんばかりの惨状《さんじょう》だった。あちこちにゴミが散乱し、異臭を放っている。壁は変色し、わずかに覗いた畳《たたみ》には黴《かび》がびっしりと生え、ゴキブリはまだしも見たことのない害虫《がいちゅう》の死骸《しがい》もあちこちにある。

よほど慌てて逃げたにしても、よくこの部屋で生活していたものだとある意味感心した。

「よし、やるぞ」

タオルを口許に巻いて、ゴミの分別から手をつける。ゴミ袋を手に黙々《もくもく》と作業をしていると、

「ぎゃっ」

突如《とつじょ》、紀野が奇声《きせい》を発した。

「どうした」

口許のタオルを抓《つま》んで問う。紀野は敷きっぱなしの布団の傍で棒立《ぼうだ》ちしていた。その身体はぶるぶると震えている。

もう一度どうしたのかと聞いたとき、青い顔をした紀野が指で抓んだものを掲《かか》げた。

「うえ……吐《は》くっ」

言うが早いか、相馬に向かって投げてくる。反射的に避《さ》けて床に落ちたそれをチェックすると、確かに紀野でなくても吐きそうな代物だった。

「くそっ」

怒りに暴《あば》れそうになりつつ、仕事だと自身に言い聞かせて使用済みのコンドームを拾ってゴミ袋に放り込む。こんな不衛生《ふえいせい》な部屋でできるなんて、よほど神経の太い人間としか思えない。

「おい、紀野。吐くなら便所行けよ」

青褪《あおざ》めた紀野は、とうとう我慢できなくなったのかトイレに駆け込む。げえげえと嘔吐《おうと》する声を聞きながら、相馬は作業を再開した。

「俺……一生、しない」

ふらふらと出てきた紀野が生涯《しょうがい》童貞宣言をするのを無視した相馬の脳裏に、ふと、また先日の樋口との行為が浮かんでくる。

普段の樋口はどこにでもいる中年男なのに、最中は驚くほど色っぽかった。素股で終わらせたのは潤滑剤《じゅんかつざい》もコンドームもなかったからだが、もし手近にあったら——と、想像しかけて首を左右に振る。

いいかげん忘れなければ。

そう自分に言い聞かせるのに、

「信じられないですよ。他人の体液が自分につくわけでしょ？　気持ち悪っ」

不快《ふかい》げに漏らした紀野の一言で、また脳裏によみがえってくる。ひどく感じやすくて、乱れた樋口の姿が――。

まさか自分が男のものを口にする日が来ようとは予想だにしていなかった。が、あのときはやけに昂奮していたし、躊躇《ためら》いはまったくなかったのだ。

「だいたい、ひとの身体とか触りたくないですしね。ましてやパンツの中なんて……考えただけでぞっとします」

ぶつぶつと文句を並べる紀野に、黙ってやれと注意する。でなければ、いろいろ思い出して仕事にならない。

ふたりで六時間かけて隅々まで磨《みが》き上げ、やっと解放されたときにはすでに日はとっぷりと暮れていた。事務所に帰る途中、今日はもう限界だという紀野を送っていき、相馬自身は銭湯《せんとう》に立ち寄った。こういうときのために着替えはワゴンに常備してあるが、もちろん役立つ機会はないほうがいい。

ついでに定食屋で夕飯をすませてから事務所に戻ったのが、午後十時半。飛鳥井は不在で、さっさとすませてしまおうと、ひとりソファに座って報告書に向かう。

日付を記したペンをふいに止めた相馬は、あれからもう一週間たったのかと、先日のことをぼんやりと反芻《はんすう》した。いまだ樋口とは話せずじまいだし、相馬自身、日がたつにつれてなにを話そうとしていたのか曖昧《あいまい》になってきた。

そもそも話し合う必要があるのかどうかすら判然としない。お互い酔っていたというのを理由に、忘れたほうがいいような気もしてくる。

相馬にとって、いまだ樋口は摑みどころのない男だ。

——あのさ。前にきみにゲイなのかって聞かれて、わからないって答えたけど……わかったよ。きっと僕は男色家なんだ。

相馬を啞然《あぜん》とさせたあの言葉の意図《いと》すら、理解できない有り様だった。

意味なんてないのかもしれない。が、どうしても深読みしてしまう。あれは、単に男と寝るのが好きだと気づいたという意味だったのか。それとも、樋口が自分を——。

「う」

考えるほどにまとまらなくなってきたところで、いきなり後頭部を叩《たた》かれ、相馬は反射的に上を睨《にら》んだ。

「なにぼけ〜っとしてるんだ。さっさと書いちまえ」

いつの間に帰ってきたのか、飛鳥井が呆れた表情で見下ろしている。左手に持った新聞で叩いたらしいが、右手にはガラス製の灰皿があり、うっかりそっちを振り下ろされないよう警戒《けいかい》しつつふたたびペンを動かした。

いまひとつ集中できないでいると、髪をぐしゃぐしゃと搔き混ぜられた。

「おまえのぼんやりの原因は、プライベートか？　それとも仕事関連か？」

ソファのアームに腰かけて顔を覗き込まれ、一瞬、躊躇《ちゅうちょ》する。樋口との間にあったことを、お客様第一の飛鳥井が知れば、おまえが悪いと叱責《しっせき》されるのは目に見えている。

「──プライベートです」

返答までに一拍空《いっぱくあ》いた間を、飛鳥井は見逃さなかった。

「おまえがプライベートでなにをしようと関係ない。けど、仕事相手との揉《も》め事《ごと》は許さないぞ。特に個人的感情を持ち込むのはご法度《はっと》だ。トラブルのもとだからな。わかったか」

飛鳥井の言うことはもっともだ。三白眼《さんぱくがん》で威嚇《いかく》され、無言で頷く。もう手遅れだと心中でこぼしながら。

個人的感情なんて、持ち込もうとして持ち込むものではない。たいがいの場合、不可抗力だ。

「わかってるならいい」

もう一度相馬の髪をぐしゃぐしゃと乱した飛鳥井が離れていくと、相馬の頭の中はそのことでいっぱいになった。やっぱりできるだけ早く話し合うべきだと考え直し、樋口を訪ねようと決める。本来はいますぐにでも会いたかったが、時刻が時刻だったので、仕方なく明日に持ち越すことにする。

遅くなったついでにゆっくりしてしまい、相馬が事務所を出たのはすでに日付が変わってからだった。首を左右に傾け、肩の凝《こ》りをほぐしながらスクーターに跨《また》り、ヘルメットを被《かぶ》ろうとしたときだ。上着の胸ポケットの中でスマートフォンが鳴った。

円滑《えんかつ》に仕事を進めるために名刺にはスマートフォンの番号も記しているので、未登録の番号からかかってくることは日常茶飯事《にちじょうさはんじ》だ。しかし、深夜はめずらしい。

番号を確認した相馬は、なぜか胸騒《むなさわ》ぎを覚えながらスマートフォンを耳にやった。

樋口の番号もまだ登録していない。電話をする機会がなかったし、自分にとって樋口がどういう存在なのか、まだ迷いがあったのだ。

「……はい」

声のトーンを落として呼びかける。

相手からの反応はない。腕時計の針《はり》は、午前零時五十分を示している。

「――樋口さん？」

まさかと思いつつ名前を口にしたが、やはりなにも答えは返ってこなかった。

＊＊＊

「お疲れ様」

最後まで残っていたスタッフを見送り、デスクについた樋口は明日の入荷チェックをするためにパソコンに向かう。

深夜零時半。閉店後の事務所内は静かで、外を通る車のクラクションの音がたまに聞こえるくらいだ。

ネクタイを緩め、ついでに第一釦《ぼたん》も外してため息をつく。

「……一週間か」

デスクのカレンダーに目をやり、思わずぽつりとこぼしてしまった自分に苦笑した。

相馬がわざわざスーパーまで会いにきてくれたのは、一週間ほど前だ。話がしたいと言っていたが、結局、なにも話さずじまいになってしまっている。

連絡が途絶《とだ》えたのは、相馬がもうその必要はないと判断したのか。樋口自身、なにを話せばいいのかよくわからなかった。

そもそも関係を持ってしまったことすら、いまとなっては現実味が薄れてしまっている。お互い酔っていたし、第一、相馬が自分みたいな中年男を相手にする理由がない。

「…………」

と思っているのに、どこか胸の奥に風が吹いているかのような寂《さみ》しさを覚える。自分はきっと相馬からの連絡を待っているのだろうな、と樋口は自己分析をした。

「いい歳をして、なにやってるんだか」

まるで思春期《ししゅんき》の子どもみたいに浮かれたり、沈《しず》んだりして馬鹿みたいだ。

いっそ、こちらから連絡してみようか。なにを話せばいいのかわからなくても、このままうやむやになるよりいいのではないか。

携帯電話を手にした樋口は、しばらく葛藤《かっとう》する。気軽に電話をかけられないという時点で、自分にとって相馬は他の人間とはちがうという証《あかし》のような気がした。

「相馬くん」で登録した番号をじっと見つめていたとき、背後でことりと音がした。もう誰もいないはずだがと訝《いぶか》しみつつ振り返ってみると——そこにいたのは意外な人物だった。

「……小林くん」

なぜここにいるのかわからず、咄嗟《とっさ》に眉をひそめる。それもしようがないだろう。時刻が時刻だし、店はすでに閉店している。小林がやってくる理由はない。しかも、バックヤードに入れるのは基本的にスタッフのみだ。

「なにかあったのかい？」

小林の表情は硬い。後ろ手にドアを閉めると、どこかおぼつかない足取りでこちらへ歩いてくる。

反射的に椅子《いす》から立ち上がった樋口は疑心を表に出さないよう注意し、笑みを浮かべてみせた。

「なにか用事？　でも、こんな夜中に出歩くなんて、お母さんが心配するだろ」

他者を拒絶《きょぜつ》している様子が痛々しく見える小林だが、目の前の彼はいつも以上に緊迫《きんぱく》した空気を纏《まと》い、四肢《しし》にはがちがちに力が入っている。

そういえば、ここ数日店で小林の姿を見ていなかったことに気づいた。

「し――ない」

やっと聞こえるほど小さな声で返答があった。言葉が返ってきたのは初めてのことだ。

「そんなことないよ。口では言わなくても、子どもを心配しない親なんていないから」

父母と姉の四人家族だと聞いている。優等生だったのに、大学受験に失敗したのをきっかけに外へ出なくなったのだと。

きっと挫折《ざせつ》をいまも引きずっているのだろう。父母にしても、深く傷ついた我が子に心を痛めているにちがいない。立派なご両親なのに、といつだったかスタッフがこぼしていた。

樋口にも憶えはある。若いときはとかく、ひとつの躓《つまず》きですべてが駄目になったような錯覚《さっかく》に陥《おちい》るものだ。

「座って、話をしようか」

自分の椅子と、棚《たな》と壁《かべ》の間に入れてある折り畳んだパイプ椅子とを視線で示す。思案のそぶりを見せた小林だが、樋口がパイプ椅子を出して座るように促《うなが》すと無言でそこへ腰を下ろした。が、俯《うつむ》き、顔を上げようとしない。せっかく整った目鼻立ちをしているのに、もったいないなと思う。

本来なら青春を謳歌《おうか》している年頃だ。受験失敗は大きな出来事だが、その後の人生を決めてしまうほどのものではない。やり直しはきく。

「僕に用があるんだろ？」

水を向けたが、小林は黙《だま》っている。何度か唇を噛む様子から、言いたいことがあるのは確かだろう。

「じゃあ、僕から話すよ。ほら、きみがよく買ってくれるチョコスナック、最近、抹茶味《まっちゃあじ》が出てただろ？　小林くんはどう？　僕は普通のヤツのほうが好きなんだけど」

小林が薄く唇を開いた。あと一押しだと考えた樋口は、椅子から腰を浮かせた。店の入り口に設置してある自販機で缶コーヒーでも買ってくるつもりだったが、びくりと過剰《かじょう》反応した小林の手から鞄《かばん》が落ちる。

「鞄」

小林より先に鞄に手を伸ばしたとき、身を屈《かが》めた樋口の頭上で、小林が小さく息を呑むのが聞こえた。手許《てもと》に影《かげ》が落ちたので、屈んだままの姿勢で視線だけ上にやった。

「……小林くん?」

パイプ椅子から立ち上がった小林が、じっと樋口を見下ろしている。その両眼がやけにぎらぎらして見えたのは、樋口の勘違《かんちが》いではなかった。

「誰が……っ」

顔を歪《ゆが》めたかと思うと、樋口のシャツの胸元を掴んでくる。いきなりのことに唖然とする間に床に倒され、緩めておいたネクタイを引き抜かれるや否や、シャツの前を開かれる。

千切れた釦が床に散る。

「いったい、どうしたんだ……小林く……っ」

自分の状況を理解するのに数秒を要した。豹変《ひょうへん》した小林は樋口をうつ伏《ぶ》せにすると、躊躇《ちゅうちょ》なく馬乗りになった。なにが小林の逆鱗《げきりん》に触れたのか知らないが、怒りで我を忘れているようだ。

「待……っ、うぅ」

膝《ひざ》で背中を押さえられ、激しい痛みに呻《うめ》く。なんとか逃れようと四肢をばたつかせた樋口だが、小林相手に本気で反撃《はんげき》することを躊躇ってしまったため、両手首をネクタイで縛《しば》られた。

そのせいで、体重はそう変わらないはずなのに拘束《こうそく》を許してしまう。一方、まさか小林がこんな行動に出るとは——いまだ半信半疑《はんしんはんぎ》だった。

「こ、小林、くん。落ち着いて」

馬鹿なことをしないでくれと、懇願するような気持ちで肩越しに小林を見る。

「あんたまで、そんな目で……見るなっ」

小林は悲鳴のような声で吐き捨てると、樋口の肩口を摑み、爪《つめ》を食い込ませてきた。

「う、ぅあ」

痛みに呻く。

小林は容赦《ようしゃ》なく爪を深く立ててくる。

「誰が……誰が、こんなところ、噛んだのっ」

「え……」

なにを言っているのか、一瞬、ぴんとこなかった。しかし、噛んだという一言にはっとする。

ひとつだけ思い当たることがあった。あのときだ。あのとき、相馬は樋口の首筋に歯を立てたのだ。

「……許せない」

膝に体重をのせたまま、小林は樋口に無理な体勢を強いる。関節が外れそうなほど右脚を持ち上げたかと思うと、手近にあったガムテープでデスクの脚に固定する。その間、なんとか抗おうとした樋口だが、背中に膝をめり込まされた状態では、まるで溺《おぼ》れまいと必死でもがいているも同然で、無力さを痛感した。

両手首と右脚が不自由では、暴れたところでたいした抵抗にはならない。がたがたとデスクが音を立てるだけだ。

どうすればいい。どうすれば、小林を宥《なだ》められるのか。必死で思考を巡らせていた樋口は、下半身の違和感《いわかん》に視線をそちらへやった。

「こんなこと、しちゃ駄目だっ」

小林が手にしているのは、樋口のハサミだ。はあはあと荒い息をつきながら、一言も喋《しゃべ》らず、まるでなにかの作業でもしているかのように小林は自身の行為に没頭《ぼっとう》している。すでに樋口の声など耳に入っていない様子だ。

こんな真似ができるなんて——おとなしい子だと決めてかかっていたのが間違いだった。

スラックスにハサミを入れられ、樋口は愕然《がくぜん》とする。どうにか穏便《おんびん》にすませる方法はないかと考えていたが、じっとりとした汗《あせ》の匂《にお》いを嗅《か》ぎ取《と》ったとき、樋口が感じたのは嫌悪感《けんおかん》のみだった。

スラックスは無残《むざん》に切《き》り裂《さ》かれ、下着があらわになる。

「やめてくれ！」

誰も来ないとわかっていたが、叫《さけ》ばずにはいられなかった。

「黙れ」

一言発した小林が、樋口の口にもガムテープを貼《は》る。声も奪《うば》われ、いよいよ追いつめられて、樋口が思い浮かべたのは相馬の顔だった。

——どうしてですか。どうしてこんなことを。

田之倉との関係を終わらせるためにとった樋口の行動を、相馬は責めた。苛立《いらだ》っているのは明らかだった。あのときは半ば自棄《やけ》になっていたし、他に選択肢《せんたくし》はないと思っていたが、きっと間違っていたのは自分だろう。

友人関係を壊《こわ》してまで、たかがセックスにこだわる田之倉を内心で責めていた自分こそが勘違いをしていた。

「たかがセックス」ではない。

同性同士であろうと、男女であろうと同じなのだ。相馬との行為は受け入れ、あまつさえ乱れもしたというのに、他の人間には肌を触られるだけで怖気《おぞけ》が走る。身体の奥底から、厭だという気持ちが込み上げてくる。それこそが、答えだ。

「…………」

心中で相馬の名前を叫んだときだ。デスクの下に携帯電話が落ちているのが目に入った。スラックスのあと下着にハサミを入れだした小林は気づいていないようで、樋口は両腕を捩《ね》じって携帯電話に手を伸ばす。開いてみると、そこには「相馬くん」とある。さっき電話をかけようかどうか迷ったままの状態だ。

通話ボタンを押した樋口は、また変なやり取りを聞かせてしまうことを申し訳なく思いつつ、小林に気取《けど》られないよう携帯電話をデスクの奥へ押しやった。

「んっ」

剝《む》き出しの尻《しり》を撫《な》でられ、びくりと身体が跳《は》ねる。全身にざっと鳥肌《とりはだ》が立った。

「んー、ん」

やめろと言いたくても、漏れるのは呻き声ばかりだ。樋口の上に跨り、恐る恐る肌を触っていた小林がなにかを求めてデスクの上に手を伸ばす。小林が取ったのはペンだった。

信じたくなかったことが、直後現実となる。

「……っ」

小林は、樋口の尻の狭間《はざま》をペンで辿《たど》り始める。昂奮《こうふん》しているのか、肩が大きく上下している。

一方の手で肉を割り開き、後孔を突き始めた小林に、ガムテープの下で歯を食い縛った。

「俺……変態《へんたい》、だって。男が、男の裸《はだか》に興味持つなんて、気持ち悪いって母さんに叱《しか》られた」

小林の声が掠《かす》れる。

「きっと、みんな、俺のこと、気持ち悪いって思ってるんだ」

泣いているのか怒っているのか、顔が見えないため樋口にはわからないものの、小林の事情を察することはできた。

小林を傷つけたのは受験の失敗ではなかったのだ。ゲイ雑誌でも見つかったのか、母親に気持ち悪いと詰《なじ》られたことで自分は変態だと思い込み、周囲の目を避けるようになったのかもしれない。

気持ち悪くなんてないと言ってやりたいが、口が塞《ふさ》がれていてはどうにもならない。それに、いまの樋口は小林のことを思いやる余裕などなかった。

「……挿《はい》んない」

その言葉のあとに、ぴちゃぴちゃと濡れた音が聞こえてきた。想像するのも不快《ふかい》だったが、次に後孔に触れてきたペン先の感触で、小林が舐《な》めたのだとわかった。

「う……」

力を入れたが、強引に挿ってくる。すぐに抜かれた。ほっとしたのも束《つか》の間《ま》、次にペンが触れてきたとき、樋口は身体を硬くした。

今度はすんなりと挿ってしまう。ぬるぬるとした感触は、唾液《だえき》ではない。

「すご……簡単に挿った」

ごくりと唾《つば》を飲み込んだ小林が使ったのは、樋口のデスクにあったハンドクリームだった。

「う、う、うぅ」

ペンを出し入れされて、気持ちの悪さにじわりと涙《なみだ》が滲《にじ》む。なぜこんな目に遭《あ》わなければならないのかと、情けなくなってきた。

「ううぅぅ」

ハンドクリームが足されたのだろう。ペンの動きがよりスムーズになり、抽挿《ちゅうそう》されるたびに音がし始める。昂奮から喉を鳴らした小林が、ジッパーの乾《かわ》いた音を響《ひび》かせた。自身の前をくつろげたのだ。

「は、ふ……う」

樋口の後ろをペンで犯《おか》しながら、喘《あえ》ぎ声を漏らす。

厭だ。厭だ。やめてほしい。小林の自慰《じい》が終わったあと、自分はどうなるのか。

相馬くん！

恐怖心《きょうふしん》を覚えた樋口はぎゅっと目を閉じ、何度も名前を呼びながら、瞼《まぶた》の裏に相馬の怒った顔を思い描いていた。

＊＊＊

「樋口さん？」

　まさかと思う半面、ほぼ確信してもう一度、相馬がスマートフォンに向かって問いかけると、がざがざと雑音が聞こえてきた。その後、不明瞭《ふめいりょう》な呻き声が微《かす》かに届く。

『んー……うぅ』

　間違いなく樋口だ。ごくりと喉を鳴らし、スマートフォンを握《にぎ》り直す。やはり田之倉はまだあきらめてなかったのか。

「いまどこですか」

　マンションの部屋か。スーパーか。それとも別の場所なのか。

　しかし、相馬の質問には答えが返らない。声の遠さから考えると、樋口は相手に悟られないようこっそり電話をかけてきたのだろう。

『うぅぅ』

　口が塞がれているらしいとわかり、頭に血がのぼる。

　迷っている場合ではない。相馬はじっとしていられず、スマートフォンを上着の胸ポケットに戻すとスクーターのエンジンをかけた。

　自分に助けを求めて電話をかけてきたのだと思えば、言いようのない焦りが生じてくる。

路地を走りながら、冷静になれと自身に言い聞かせ、深呼吸《しんこきゅう》をした。動揺《どうよう》するとミスに繋がる。絶対に間違えるわけにはいかなかった。

自分はどこに向かうべきか。

「……マンション」

いや、どんなに懇願されようと樋口は田之倉を部屋には入れないはずだ。田之倉と絶縁すると決めた樋口の意思の固さは、相馬の目にも明らかだった。

同じ理由で別の場所という可能性も捨てる。誘われたからといって、ついていくことはまずあり得ない。

「スーパー、か」

賭《か》けも同然の決断だったが、場所を特定すると、スロットルを回してスピードを上げた。間に合ってくれ。

祈るような気持ちで何度もそう唱《とな》えながら、相馬は永遠にも感じる十数分を耐《た》えなければならなかった。

スーパーの前でスクーターを停めると、すぐさま入り口を確認する。二か所ある入り口は当然閉まっていて、焦るあまり、ドンとこぶしで叩く。駆け出した相馬が向かったのは、スタッフ専用の通用口だ。建物を回り込んだとき、まだ灯りがついていることに気づいた。やはり樋口はここにいる。

通用口の鍵《かぎ》は閉まっていた。迷わずポケットからクリップを出すと、手で伸ばして鍵穴に差し込む。ピッキングのやり方は、最初に飛鳥井から伝授《でんじゅ》された。職業柄必要になることもあるだろうから、と。

使ったのは今回で三度目だが、今日ほど飛鳥井に感謝したことはない。

一分かからず開錠《かいじょう》して、音を立てないように気をつけつつドアを開ける。灯りのついた部屋まで足を忍ばせる間、焦るなと自分に何度も言い聞かせた。

事務所のドアの近くまで来ると、壁に背中をつけて立ち、手のひらに掻いた汗をシャツで拭《ぬぐ》ってからドアノブを摑む。中がどういう状況になっているのか、できるだけ想像しないようにしてドアノブを回した。しかし、たとえ表面上だけであっても相馬が冷静さを保てていたのはそこまでだった。

「――っ」

床に這いつくばり、下半身を剝き出しにされている樋口を目にした途端《とたん》、かっとした相馬は頭の中でなにかが切れる音がした。

「てめえ、ぶっ殺す」

室内に飛び込むと同時に、樋口に跨っている男の襟首《えりくび》を摑むと思い切り振り払う。

「うわあっ」

悲鳴を上げた男は床に転がり、頭から棚にぶつかった。込み上げる怒りに任せ、男に歩み寄って胸倉《むなぐら》を摑んで立たせると、こぶしを振り上げる。そのまま顔めがけて下ろそうとした瞬間、

「ううう！」

床の上で樋口が唸《うな》り声を上げた。

殴《なぐ》ってやらないことには気がすまない。一方、樋口の無残な状態を見ると、一刻も早く拘束を解かなければと思う。相馬が迷ったのはほんの一瞬で、男の胸倉から手を離して樋口のもとへ歩み寄った。

できるだけ感情を抑《おさ》えて両手足を自由にして、ペンを抜く。口のガムテープは樋口自身がはがした。

「相馬くん！」

上着を脱いだ相馬は、樋口の肩にそれをかけると、たまらず抱き締める。細い身体は小さく震えていた。どれほど怖かったか、これだけでも十分察せられる。

「ありがとう」

礼を言った樋口が、次には謝罪してくる。

「すまない。きみには、みっともないところばかり見せてしまって」

「なに言ってるんですか」

こんなときにまで普段どおりを装《よそお》おうとする樋口が腹立たしかった。

「怪我はしてませんか？　怖かったんでしょう？　だったら、そう言ってください。もっと早く助けにこいって、俺を責めてもいいんです」

本音《ほんね》を見せてほしい。せめて自分の前では心情をあらわにしてほしかった。

「――相馬くん」

なおもきつく抱きしめた相馬の背中に、樋口の両手が回る。

「怪我はしてない。怖かったけど、相馬くんが来てくれるって信じてたから」

やわらかな声でそんな言葉を口にされてしまえば、もう認めるしかない。男とか女とか関係なく、自分が樋口に惹《ひ》かれているのはまぎれもない事実だ。

「おまえが……」

背後で、男が立ち上がる気配がする。

「おまえが、噛んだのかっ。許さない！」

血走った目で相馬を射貫《いぬ》くと、こちらへ向かって突進してきた。

「相馬くん、危ないっ」

立ち上がって前へ出ようとした樋口の腕をぐいと引き、自分の背中に隠す。それと同時に、ぶつかってきた男を躱《かわ》し、腕をとって捩じり上げた。

「うぁぁぁ」

男の手からハサミが落ちる。痛がって悲鳴を上げようと知ったことではない。手加減せずに腕を捻る。

「こっちの台詞だ。おまえは許さないぞ。警察《けいさつ》に突きだす前に、俺に殴らせろ」

警察か、それとも殴ると言ったほうか、どちらに反応したのか男が取り乱す。

「俺は……俺は……」

唐突《とうとつ》に泣きだしたかと思えば、子どもじみた言い訳を並べ始めた。

「こんなつもりじゃ、なかった……俺はただ、樋口さんがお菓子を買うのが恥ずかしいって……言ってたから、持ってきた、だけなんだ……けど、噛み痕《あと》を見て、かっとなって……っ」

「うるせえ」

相馬は一蹴したが、当の樋口が床に落ちていた鞄を拾ったかと思うと中を確認し、スナック菓子を取り出した。ひとがいいにもほどがある。

「本当だ。これを僕にくれるつもりだったんだ？」

樋口の言葉に、男はぼろぼろと涙をあふれさせる。

まるで身を縮める子どものような姿を前にして、樋口はため息をこぼした。

「相馬くん。彼を放してやって」

信じられない一言に眉をひそめる。たったいまひどい仕打ちを受けた人間の言葉とは、到底思えなかった。

「小林くんを許すわけじゃない。ただ、警察沙汰《けいさつざた》になると僕まで厭な思いをするはめになるし、なにがあったか他人に知られるなんて——ごめんだから」

「——」

樋口の言い分はもっともだ。樋口の心情を思えば、そうする以外ない。男に対して激しい怒りはあるが、優先すべきは樋口本人なのだ。

「とっとと出てけ。二度と俺とこのひとの前に顔出すな。次は容赦《ようしゃ》しない」

渋々手を離し、冷やかに言い放ったとき、ぐずぐずと洟《はな》をすする男の青白い顔に既視感《きしかん》を覚えた。スーパーで見かけた若い男だ。あのとき、様子が変だと思ったが——やはりこうなったか。

一発殴ってやるべきだったと悔《く》やむ相馬に反して、当の樋口は落ち着いていて、事務所を出ていく男の背中に向かって口を開く。

「きみが他人に気持ち悪いって思われてるんだとしたら、僕も同じように思われてるはずだよ」

相馬にはわからなかった言葉の意味が男には理解できたのだろう、一度足を止めると、嗚咽《おえつ》しながら帰っていった。

怒りのぶつけどころを失った相馬は、なんとか冷静になろうとふたたび樋口を抱く。男について詳しく知りたかったものの、いまは根掘《ねほ》り葉掘《はほ》り問うときではなかった。

「俺は、間に合いましたか？」

樋口の受けた行為は確かに卑劣《ひれつ》ではあるが、アクシデントも同然の出来事だと言外に込める。

「間に合ったよ」

どうやら相馬の思いは通じたらしい。樋口がやわらかな表情で目を細めた。

「……相馬くん」

だが、突如その顔から笑みが消える。相馬の左腕を見て頬を強張《こわば》らせたかと思えば、眦を吊り上げ噛みついてきた。

「きみ、なんで黙ってるんだ」

樋口が声を荒らげるのは初めてだ。勢いに気圧《けお》された相馬は、切れたシャツを一瞥《いちべつ》して肩をすくめる。

「掠《かす》り傷《きず》ですから」

実際、ハサミが掠っただけだったのでほとんど痛みはない。

「血が出てるじゃないかっ」

樋口は、自分のほうがよほど痛そうな顔で相馬を責めてくる。

「舐めときゃ治りますよ」

苦笑すると、激しい剣幕《けんまく》で叱られた。

「舐めて治るわけないだろ！」

自分のほうがよほど大変な目に遭ったのに、相馬を心配してくれる樋口の気持ちはありがたい。が、いくら真剣な面持《おもも》ちで救急箱を手にされようと、相馬の上着以外ほとんど身につけていない状態の樋口に従うつもりはなかった。

「じゃあ、樋口さんのうちで手当してください」

樋口は芯《しん》の強い人間だ。今回のこともちゃんと心の整理をつけるだろう。でも、そのためにはひとりよりふたりのほうがいいに決まっている。

樋口がスーパーのユニホームズボンを履くのを待って、タクシーを呼んで帰路につく。

車中では互いに無言で過ごした。

マンションに到着し、部屋に入ると同時に、リビングダイニングのソファに座らされる。どうあっても手当をするつもりらしい。

「大袈裟《おおげさ》ですね」

ことさら軽く言ったが、この一言はよけいだった。樋口は険《けわ》しい顔になり、ぞんざいな手つきで消毒薬《しょうどくやく》を箱から取り出した。

「上、脱いで」

言われるままシャツを脱いだ相馬が自身で傷口を確認してみると、やはり掠り傷程度で、すでに血も止まっていた。

傷口を見て、樋口の緊張がようやく解ける。しかし、次の瞬間には眉間に深い皺が刻まれた。

「来てくれたことは嬉しかったけど、庇ってほしくなんてなかった」

相馬を詰る樋口の心情は理解しているつもりだ。相馬にしても、咄嗟に身体が動いただけなので、言い訳せずに両手を上げて降参《こうさん》を示す。

「きみにもしものことがあったら……僕は、どうしたらいいんだ」

唇を噛む樋口を前にして、悪い気はしない。いい雰囲気のまま、先日の件に話を持っていくことにする。

田之倉のあとは、ストーカーじみたガキ。過去にはふたりの男に告白された経験もあるという樋口は、魔性《ましょう》と言っても過言《かごん》ではない。樋口の目が他人に向かないよう、自分たちの関係をちゃんと明確にしておく必要がある。

「そんなことより、この前のことですけど」

だが、樋口の機嫌はなかなか直らない。

「そんなってなんだ。簡単に片づけていい問題じゃないだろう。相馬くんは、日頃からもっと自分のことを気にするべきなんだ」

「――――」

好きにさせていたら、いつまでたっても説教が続きそうだ。一刻も早く本題に入りたかったので、相馬は樋口の後頭部に手をやり、自分に引き寄せた。

「……っ」

黙らせる目的で少し乱暴《らんぼう》にキスすると、まるで初めてしたかのように目を丸くした樋口がソファから立ち上がる。すぐに腕を引いて座らせた相馬はまっすぐ樋口を見つめて、視線を合わせた。

「俺にはこっちのほうが重要です。この前のこと、まさか酔ってて忘れたとか言いませんよね。俺がここに来たとき、ちょうどこのソファであなたに俺がしたこと。謝ろうと思ってたけど、やっぱり――」

「待った！」

樋口の手が口を塞いできた。見る間に赤くなっていく様子から鮮明に憶《おぼ》えているのだとわかり、ほっとする。もとより忘れたなんて言わせるつもりはなかったが。

「僕も……話したいと思ってたよ。でも、いまはそれどころじゃないし、まだ心の準備ができてない」

樋口は先延ばしにしたいようだが、これ以上待つ気のなかった相馬は口に押し当てられている手のひらをべろりと舐めた。

「あ……なに」

首まで真っ赤になった樋口が小さく震えるのを見ながら、指の股《また》まで舌を這わせていく。すぐに瞳《ひとみ》も潤《うる》みだす。普段は色気のいの字も感じさせないというのに、いまの樋口の表情は色っぽくてひどくそそられる。

「なら、いますぐ心の準備してください」

そう言うと樋口が手を引いたので、相馬から肩を抱き寄せた。

「そんなすぐに……というか……きみ、なんでシャツ脱いじゃったんだっけ」

いまさら上半身裸なのを意識してか、身を縮めて恨《うら》めしそうなまなざしを投げかけられるが、シャツを脱いだのは相馬の意思ではない。

「樋口さんが脱げって言ったんでしょう」

「あ、そうだった」

早まったとでも言わんばかりに答えた樋口はいっそう顔を赤くする。思案のそぶりを見せていたが、ようやく覚悟ができたのか、赤い顔のまま口火を切った。

「じつは、半信半疑なんだ。きみ、格好いいし、引く手数多《あまた》だろうし、僕みたいな中年を相手にする必要なんてないのに……だから、どうしてなのかなって不思議で」

相馬の反応を窺って上目を流してくる姿に、たまらなく胸をくすぐられる。しかもそればかりではなく、胸の疼きは確実に欲望に直結するのだ。

自分が魅力的だということを、いいかげん樋口も自覚すべきだ。

「樋口さんは？」

首筋に吐息を触れさせながら、問い返す。

「俺を拒《こば》まなかったのはどうしてですか？　田之倉さんは長年の友人だったから受け入れられたんでしょうけど、俺は知り合って間もないですよね」

びくりと肩を揺らした樋口は、すぐに怪訝な顔で首を捻った。

「――田之倉？」

名前を口にして、なにか思い出したようだ。瞳を彷徨《さまよ》わせるその様子からなにか隠し事があるのは明白で、当然相馬は追及する。

「僕が、先に質問したんだけど」

この期《ご》に及《およ》んでごまかそうとする樋口を許さず、返答を促《うなが》した。

「樋口さんが正直に話してくれたら、俺も言います」

「きみからでもいいだろ」

「年功序列ですよ」

切り札を持ちだすと、ずるいと文句を言った樋口だったが、渋々口を開く。何度か言い澱《よど》んだあと、不承不承切り出した。

「……その、なんというか、田之倉とはできなかったんだ。僕はぜんぜん駄目で、田之倉が焦っちゃって……そのときは、やっぱり同性相手は無理なんだって思ったんだ。さっきもすごく厭で、きみのことをずっと考えてた。相馬くんとは厭じゃなかったから……きみは特別で、初めてだったのに僕は年甲斐もなく昂奮してしまった……だから、きみに呆れられるのもしょうがない」

「――――」

居心地《いごこち》悪そうに俯く樋口を見つめる。勘違いもいいところだ。誤解して機嫌《きげん》を損《そこ》ねたあげく、樋口を侮辱《ぶじょく》するような台詞を吐いた自分が恥ずかしくなる。

「すみません」

――僕は……なんとなく想像してたかな。

あの言葉は相馬が落ちるという意味ではなく、樋口自身が期待していたという告白だったのだ。

「天然なのか故意なのか」なんて樋口を探ろうとしたこともあったが、探れるわけがなかった。ようは、自分に正直なのだ。嘘をつけない性分《しょうぶん》だから、「きみは特別で」などという殺し文句をさらりと言ってしまえるのだ。

「なんで謝るんだよ。さらに呆れただろ？」

照れて顔を背ける樋口を前にして、己《おのれ》の意外な一面に気づく。これまではつき合った相手の過去を気にしたことなど一度もなかったはずなのに、樋口の「初めて」を嬉しいと感じてしまうなんて、相馬こそ自分に呆れるしかない。

「いいえ」

相馬は、樋口の髪を梳《す》いた。

「それで、昂奮した理由はわかったんですか」

ぜんぶ先に言わせるのはずるいと承知で問う。

樋口は、ひどく照れくさそうな目で相馬を見てきた。

「それは……だから、そういうことなんだと思う」

「そういうって?」

あえてわからないふりをすると、樋口の唇がへの字になる。

「察してくれたっていいだろ」

焦《じ》らせたのはここまでだった。目を泳がすその表情が可愛く見えて、胸が疼き、これ以上じっとしているのは難しかった。

「俺もですよ」

一言告げて、口づけようと顔を近づける。

けれど、自分の気持ちは認めたくせに、相馬のことはなかなか信じられないらしい。

「——どうしてだろう。こんな平凡なおじさんのどこがいいのか、さっぱりわからない」

本気で疑ってかかる樋口に口で説明するのは時間の無駄《むだ》だ。それより、いまやるべきことをやるためにもう一度樋口を抱き寄せ、唇を近づける。

「……きみ、趣味悪いな」

色気のない言い方をした樋口だったが、口づけは拒まなかった。

微かに香ってくるどこか甘い匂いをもっと嗅ごうと鼻先を首筋に埋《うず》める。最初の頃から、相馬を誘ってきた匂いだ。いい匂いだと言おうとしたとき、微かに別の匂いを嗅ぎ取った。

あのガキの匂いだ。

「一緒にシャワー使いましょう」

不要なものを流してしまおうと一度身体を離そうとした相馬を、樋口が引き留めてくる。

「相馬くんは駄目だよ、怪我《けが》してるのに」

樋口らしい気遣いだが、構わず背中を押す。

「こんなの、怪我のうちに入りませんって」

「怪我は怪我だから」

「俺が大丈夫だって言ってるんです」

押し問答《おしもんどう》する間も惜《お》しい。人差し指を立てて樋口の唇に当て、反論を制した。

「じゃあ、こうしましょう。一緒に入って、樋口さんが俺を洗ってください」

提案すると同時に、樋口の返事を待たずに服を脱がすことにする。

「え……そんなの、勝手に決められても、困る」

躊躇《ちゅうちょ》されようが関係ない。本気で厭がっているわけではないともうわかっているし、どうせすぐに夢中になって羞恥心《しゅうちしん》も薄れるのだ。

「いいから、両手上げて」

「ちょ……っ」

上着を脱がせ、アンダーウエアを頭から抜いて強引に裸にした。本人の言ったとおり腹のあたりはやわらかい。ほぼ筋肉が落ちている薄い身体になぜこれほど昂奮するのか、相馬自身にもはっきり説明できなかった。だが、パンツの前がきつくなっていることがすべてだった。

「そ、相馬くん、なにか、鳴ってる」

ここまで来てなんの言い逃れだと樋口を睨んだが、嘘ではなかった。相馬の上着のポケットの中でスマートフォンが着信音を奏《かな》でていた。

またしても邪魔《じゃま》をされて舌打ちをした相馬だが、出たほうがいいと樋口に促されて渋々手を伸ばす。しょうもない用件だったら許さないと心中で毒づきながら耳にもっていくと——。

『お疲れさん』

あろうことか、この場面で一番声を聞きたくなかった相手——飛鳥井だった。まるでどこかで見張っているかのようなタイミングだ。思わずこぼれたため息が聞こえなかったはずはないのに、飛鳥井はわざとらしいほど明るい声を響かせた。

『お仕事だ。ホストの助《すけ》っ人《と》』

冗談じゃない。いまから行けば、朝までコースになるのは目に見えている。

「無理です」

即座に断ると、飛鳥井の声がワントーン低くなった。

『なに言ってるんだ。よろず屋がお客様の依頼を断ってどうする』

通常ならば同意しただろう。だが、いまは緊急事態だ。切羽詰《せっぱつ》まっているし、なにより樋口をひとりにしたくなかった。

「紀野に行かせればいいでしょう。いつまで甘やかすつもりですか。とにかく俺はいま取り込んでるんで」

早口で捲《まく》し立てて電話を終わらせようとしても、飛鳥井はいっこうに退《ひ》かない。

『向き不向きがあるだろ？　おまえ、なんのための面《つら》だよ。いい面いかして、チップをがっぽりもらってこい』

しつこい飛鳥井に苛々《いらいら》してくる。

「だから、いま取り込み中だって言ってるじゃないですか」

『ああ？　おまえ、なに反抗期のガキみたいな言い訳こいてんだ』

ちらりと横を見ると、樋口は身の置き場に困っているらしく、脱いだばかりのアンダーウエアを手に取った。

「待って。着ないで」

咄嗟に制した相馬の勢いに驚いたのか、樋口がぴたりと動きを止める。

『あ～、そういうことか』

なにもかも察したとばかりに、飛鳥井が意味深長にふっと笑った。

『ちょっとくらい待ってもらえよ。待ってくれるだろ？　仕事に対して文句を垂《た》れるなら、これを機に切っちまえ。他に女はいくらでもいるってさ』

勝手なことを言いだした飛鳥井をこれ以上相手にする気はない。一刻も早く電話を切りたい、望みはそれだけだ。

『なあ、頼むよ相馬くん。今月給料弾《はず》むから』

急に戦法を変えた飛鳥井に気色《きしょく》悪い猫撫で声で懇願され、もう一度「無理です」と撥《は》ねつけた。

「俺、もう勃起《ぼっき》してるんで」

苛立ちに任せ、半ば自棄で言い放つ。

飛鳥井が一瞬、黙り込んだ。

『……おまえ、いまなんて言った？　俺の聞き間違いか？』

疑心たっぷりの問いかけに、相馬はもう一度同じことを、さっきよりも明確に口にした。

「だから、もう勃起してるんで仕事には行けません」

『相──』

なにか言われる前に通話を切った。アンダーウエアを手に持ったままの樋口に向き直り、ふたたび中断したところからやり直す。肩を抱くと、樋口は瞳を揺らした。

「戻らなくて平気？」

戻ってほしくないというニュアンスが感じ取れるのは、相馬の思い過ごしではないはずだ。

「平気です」

それを証明するように、相馬の返答を聞いた樋口は口許《くちもと》を綻《ほころ》ばせた。

「相馬くん、勃起、してるんだ？」

その後、好奇心の滲《にじ》んだ視線をちらりと下へ向ける。

「してますよ」

この状況でしないほうがどうかしている。部屋にふたりきりで、互いに上半身裸になっているのだ。飛鳥井という横やりは入ったが、焦らされたことでかえって欲望は高まっていた。

「見てみますか？」

からかい半分で聞いたのに、樋口が迷ったのは一瞬だった。

「見る」

期待に満ちた表情で頷かれ、自分が聞いたとはいえ予想外の展開にどきりとする。どうやら樋口には昂奮材料になったようだ。パンツの釦を外す間じっと凝視《ぎょうし》されて、相馬の中心はさらに硬くなった。

「わ……本当だ。すごいな」

下着の膨らみを目にした樋口が驚き、吐息をこぼす。それも当然で、まだ触ってもいないというのに相馬の中心は完全に勃《た》ち上がっていた。

「ちゃんと見ていい？」

じわりと潤んできた瞳を向けられ、自分から脚を開く。

「どうぞ」

好奇心と欲望がないまぜになった、なんともいえず色気のある表情をした樋口は、相馬の下着に両手を伸ばすと、ゆっくり下にずらしていった。

樋口の様子を眺《なが》めながら、相馬は我ながら呆れるほど強い欲望に駆られていた。

＊＊＊

緊張しながら、相馬の下着を下げる。あらわになった相馬のものは、飛び出したという表現がしっくりくるほど硬く反《そ》り返《かえ》っていて、腹を叩く勢いだった。

樋口の視線に反応してか、ぴくりと動く相馬自身を前にして、樋口も自分がいかに昂奮しているかを知る。

「……格好いいな」

冗談などではない。相馬は顔も身体も格好いいが、性器まで格好いい。

これまでの人生で男の性器に興味を持ったことなど一度もなかったはずなのに、相手が相馬だとちがう。ずっと見ていたい。相馬は特別だ。

「なんですか、それ」

相馬が笑ったので、腹筋が波打つ。その下の性器も揺れて、一連の動きに見入ってしまう。

「それで」

少し照れくさそうに相馬が先を続けた。

「一緒にシャワーするって話はどうなりました？」

まだ見ていたかったが、そうもいかない。一緒にシャワーをするという約束だったし、樋口にしても、じっとしているのが難しくなった。

「じゃあ、お風呂場に移動する？」

相馬の先に立ち、自分からバスルームへ足を向ける。あとをついてくる相馬を意識して、背中がざっと粟《あわ》立《だ》った。

ものの数秒で着いてしまったので、覚悟を決める間もない。脱衣所で向かい合った樋口は、相馬を見るのが躊躇《ためら》われ、あらぬほうへ視線を向けて口を開いた。

「でも、ふたりで入るには狭いんだ」

ひとり暮らしのバスルームなんてどこも似たようなものだろう。中折れ扉を開けた相馬が、先にパンツと下着を脱ぎ捨てると中へと足を踏み入れる。

「うちより広いですよ」

シャワーバルブを捻り、頭から湯を浴び始めた相馬に、樋口はズボンを履いたまま慌てて止めに入った。

「相馬くん、傷口が濡れてる！」

次の瞬間、シャワーヘッドが向けられ、湯が顔にかかる。

「わ、わっ」

両手を振ってやめさせようとしてもどうやら相馬は面白がっているようで、結局、全身ずぶ濡れになった。

一緒に風呂に入ることへの躊躇が残っていたが、これでは脱ぐしかない。

「きみ、子どもっぽいところあるよね」

眼鏡を外し、濡れた前髪を掻き上げながらため息混じりで言うと、相馬の唇がにっと左右に引かれた。

「なら、子どもじゃない俺も見ますか？」

「…………」

どういう意味なのか、問うまでもない。なにか答えなければならない気がして口を開いた樋口だったが、なにも言葉を発せないまま閉じる。その代わり、ズボンを脱ごうとしたものの、濡れたせいで脱ぎにくく、足から抜くのに手間取る。

もたもたとしていると、片脚にまだズボンが引っかかっている状態でいきなり手を引っ張られた。

「相馬く……っ」

相馬の舌が、べろりと唇を舐めてくる。そして、抱き締められたかと思うと、いきなり口づけられた。

「ん……ぅんっ」

口中を這い回る舌についていけず、呼吸すらままならなくなる。同時に、頭の芯がぼうっとしてきて、まるで宙に浮いているかのような錯覚に陥った。

「う……ふ……っくん」

鼻から漏れる吐息は甘く、ミルクをねだる子犬さながらに聞こえるが、自分では止められない。恥ずかしいのに、どうしても漏れてしまう。

「触っても大丈夫？」

いちいち確認されるのは、先刻の件があるからだろう。でも、相馬は特別だと樋口にはもうちゃんとわかっている。

「触って、くれないと……困る……ぁ」

大きな手が、樋口の性器に絡んだ。いつの間にかズボンは脱がされていて、互いに全裸だと意識した途端、一気に射精感が込み上げる。

「まだ我慢して」

唇を離した相馬が耳元で囁《ささや》いてきた。これまで聞いたことがないくらい甘ったるい声に、全身に鳥肌が立つ。

「あ……でも、無理……」

全裸で向き合って、性器に触れられて、我慢しろと言われてもできるわけがない。自分でも躊躇するほど感じてしまっているのだから。

「じゃあ、こっちは？」

相馬の手が性器から離れ、後ろに回った。尻を揉まれたのは初めてで、唸《うな》り声とも呻き声ともつかないおかしな声が出る。

「樋口さん、肌は綺麗だよな」

「……うぅ」

通常なら、肌「は」ってどういう意味だと突っ込んでいただろう。どうせ僕は平凡な男だと、冗談半分で拗ねたかもしれない。が、いまはそんな余裕はなかった。

「そんな……触り方、しないで」

両手で撫で回され、時折持ち上げるようにされて昂奮が治まるかと思いきや、樋口のものはいっこうに萎《な》える気配はない。羞恥心ですら、性感に繋がってしまう。

「ん……でも、気持ちいいでしょ」

「あぁっ」

両手でぐいと引き寄せられて、相馬の大腿に性器が擦れた。相馬自身も腰に押しつけられ、揺すり上げるようにされ、かっと全身が燃え上がる。身体じゅうの汗腺という汗腺が開き、湯で濡れた肌に玉の汗が浮いた。

「あ、あ……い」

「俺も、いい」

向き合った状態で互いの性器を擦りつけ合い、脳天まで痺《しび》れる。その間も樋口の尻を好き放題触っていた相馬だったが、ふいに両手で割るように開いてきた。

「あ、や」

相馬の視線は、樋口の顔を通り越して背後にある。その理由に気づき、首を左右に振った。

「そんなとこ見るのは、駄目だっ」

相馬が見ていたのは鏡《かがみ》だ。そこには自分の後ろ姿が映っている。当然、相馬があらわにした場所も、だ。

「樋口さん、細いのに案外お尻は肉がついてますよね。で、その奥は小さくて、少し赤い」

普段よりやや上擦《うわず》った声でそんなことを言われるといますぐ逃げ出したくなるが、欲望を隠そうとしない相馬には強く抗えない。肌にしろ尻にしろ、品定めされているような気分になって恥ずかしくてたまらなかった。

「ひゃ」

後孔に指で触れられ、身体がびくりと跳《は》ねた。

「気持ちいいことしかしないから、じっとしてて」

到底無理な注文をして、相馬は入り口を抉《こ》じ開けると、中に指を挿《い》れてきた。

「あ……嘘っ」

意外なほど簡単に挿ったことに戸惑《とまど》う。長い指を奥まで一気に押し込まれて、樋口は相馬の肩に摑まった。

「わ、わ……なん、で……待……っ」

狼狽《うろた》える樋口を、大丈夫だからと相馬が宥めてくる。

「ボディソープ使っただけだから」

いつの間にボディソープを使ったのかと手際《てぎわ》のよさに驚くが、滑りがいいわけがわかって少し安心する。とはいえ、前回より大胆《だいたん》に体内を探ってくる指には困惑《こんわく》し、翻弄《ほんろう》される。

「あ、あ……やっ」

田之倉のときとも小林のときともちがい、優しく擦られる内壁がじわりと疼いてくる。それが快感になるのは早い。自分でも気づかないうちに腰が揺れ始めていた。

「気持ちいいですか？　ここ」

まともな判断などできなくなった樋口は、はぐらかすこともできず正直に頷いた。実際、前回のときより明確な愉悦《ゆえつ》が後ろから湧き上がってくる。指を大きく抽挿されると、下半身が蕩《とろ》けてしまうような感覚に襲われるのだ。

「なら、もうちょっと強くしますよ」

「あぁ、んっ、あ」

言葉どおり大胆に指を動かしながら、相馬が何度も首筋を吸い、歯を立ててくる。最中に噛むのは相馬の癖《くせ》なのだろう。前回も何度か歯を立てられて、樋口はすごく感じたのを思い出す。

「樋口さんって……やらしいですよね。そうやって自分から腰動かすんですね」

うなじを舐め上げながら指摘されても否定はできない。まさか自分がこんなふうにはしたなく乱れるなんて想像もしていなかった。

「や、あぅぅ……」

「わかってます？　俺の指、三本も奥まで呑み込んでるの」

「わか……らな……」

体内を擦ってくる指がいつ増えたのか、気づく余裕はなかった。ただ、最初より中がきつくなって、ぬるぬると擦られていることだけは感じられる。

「挿れていい？」

耳朶《じだ》を食《は》んできた相馬が掠れ声で問うてきた。

「な……にを？」

回らない思考でぼんやりと聞いたのは、焦らそうとか惚《とぼ》けようとかいう意図ではなく、これ以上先に進むことが怖くなったからだ。

それが相馬には伝わったのかもしれない。

「俺を」

律儀《りちぎ》に答えたあと、樋口の右手を取って自身に触れさせた。

「あ……」

さっき目にしたときよりさらに大きくて、硬い。先端から蜜《みつ》が滲んでいるのがわかる。自分を欲している証だと思うと、胸が熱く震えだす。

鼓動《こどう》も速くなり、息苦しいほどだった。

「駄目？」

甘えた声で再度問われ、樋口は相馬のものを撫でながら涙で霞《かす》む目を向けた。

「やっぱり、ずるいよ……そんな聞き方して」

いまですら相馬のことしか考えられないというのに、挿れられたらどうなってしまうのか。迷った樋口に、相馬の喉が音を鳴らす。

「またそういう顔して――」

一度大きく肩を上下させた相馬が、体内から指を引き抜いた。

「あ……」

いきなり快感が去り、意思とは関係なく樋口の体内は相馬を求めて蠢《うごめ》きだす。どうすればいいのかと相馬を見つめる間にも、左脚を抱え上げられた。相馬とバスルームのタイルに挟《はさ》まれて不安定な体勢になった樋口は、咄嗟に両腕を相馬の硬い背中に回す。鼻先が触れるほど間近で目が合えば、本当に格好いいなと見惚《みと》れてしまう。

「俺のことだけ考えててください」

「あ――」

言われるまでもなく、身も心も相馬だらけだ。

入り口を、相馬の先端で刺激《しげき》される。擦りつけられ、拒むことなんてできない。中の快感を知ってしまった身体は、持ち主である樋口よりも相馬に従おうとするのだ。

「このまま挿ってもいいですか？」

再度聞かれて、とうとう樋口は頷いた。

「……いい」

答えた途端に、圧倒的な強さで入り口を抉《えぐ》られる。

「あ、あ……っ」

指とは比べものにならないほど熱く雄《お》々《お》しい相馬自身を受け入れる苦しさは、これまでの人生で味わったことのないものだった。

「俺に、全体重かけて」

相馬も同じらしい。何度も樋口にキスしてきながら息を荒らげる。樋口の体重を利用して深い場所まで押し入ってくると、すみませんと小さく謝ってきた。

なぜ謝られるのかわからなかったが、頬を舐められて合点がいく。どうやら涙をこぼしてしまったらしい。

「ちが、う。これは――つらいんじゃなくて」

むしろ体内を相馬でいっぱいに満たされて、熱い脈動《みゃくどう》を感じて、喜びが込み上げる。泣いてしまったのは、きっとそのせいだ。

「嬉し涙だから」

樋口がそう言うと、じっとしたままの相馬がふっと片笑《かたえ》んだ。

「敵《かな》わないな」

優しいキスをくり返されて、こっちこそと思う。相馬には敵わない。

「ん……ぁ」

何度目かにキスされたとき、体内が相馬をきゅうと締めつけたのがわかった。当然、相馬にもそれは伝わっている。

樋口の内は、相馬の脈動に合わせてしっとりと纏わりついているのだ。

「もう大丈夫ってサイン？」

「――ん」

肩口で頷くと、またほほ笑んだ相馬が額《ひたい》に唇を押し当てたまま、樋口の脚を抱え直した。

「身体預けてて」

言われるまま、相馬にすべて委《ゆだ》ねる。ゆっくりと揺《ゆ》すられた途端、繋がったところからなんとも表現しがたい感覚が湧き上がってきた。

「あ……ぅん」

短い呼吸をくり返す樋口に幾度《いくど》となく相馬はキスをし、舌先で舐めてくる。唇を解くと、深く口づけられた。

舌を絡め合う音と、結合部の立てる音がバスルームに響く。相馬自身に掻き混ぜられ、体内でボディソープが粟立つ頃には、もう苦しさはどこかへ消えていた。キスをする口も、擦れ合う肌や性器も、繋がった場所も、どこもかしこも気持ちいい。身も心も快感にどっぷりと浸《ひた》る。

「ふ、うぅ、んっ」

自然に樋口は身体をくねらせていた。

「相馬くん……すごく、いい」

樋口の言葉に、相馬が熱い吐息をこぼす。

「俺も、すごく気持ちいい」

これほど汗だくになって、夢中でセックスするのは初めてだ。自分になにが足りなかったのか、相馬と抱き合ったことで気づく。

相手を悦《よろこ》ばせたいという気持ちばかりで、ふたりで快感を共有するという意識が薄かったのだ。見つめ合ったままの行為は樋口に快感と感動をもたらしてくれた。

「相馬くんが――好きだ」

昂《たかぶ》る感情に任せて告げる。

「いま、そういうこと言います？」

相馬は鼻に皺を寄せた。

「樋口さんのせいですからね」

そう言うが早いか、相馬の動きが変わる。下から腰を捩じ入れるようにして突かれて、奥深くがぐずぐずに蕩けた。

「あ、あ……いい、相馬く……いい」

ぎゅっと相馬にしがみついた樋口は、硬い腹で性器を擦られながら奥を突きあげられるという二重の愉悦に恍惚《こうこつ》となる。

「いく……も、出る」

身体じゅうに快感が満ちあふれ、膨《ふく》れ上がり、いまにも爆発《ばくはつ》しそうだ。我を忘れて、夢中で頂点を目指した。

「俺も……です」

「いい？　もう……出して、いいかな」

限界まで我慢して、相馬に合わせようと耐《た》える。その甲斐あって、いいですよと許しを得た途端、激しい絶頂感を味わい、陶然《とうぜん》となった。

きゅうと内壁が収縮した瞬間、体内の相馬も爆《は》ぜる。樋口の腰を摑んで自身に引き寄せ、もっとも深い場所で達した。

相馬への愛情は身体を繋げる前よりも確実に募《つの》っていて、それは相馬からも感じられる。肌に触れてくる手や額にキスしてくる唇、自分を見つめてくるまなざしはさっきよりも甘い。ずっとくっついていたい気分になった樋口は、相馬が身を退いたとき、名残惜《なごりお》しさを覚えたほどだった。

「どこか痛くしてませんか?」

労《ねぎら》われて、笑みを返す。

「平気。年齢のわりには身体がやわらかいほうだから」

「ですね」

相馬に髪を撫でられ、うっとりとする。まだ離れたくないと、ねだってしまおうか。

「どうします?」

髪から離れた手が、樋口の頬に添えられた。

「どうって?」

「終わりにして服着ますか? それとも、このままベッドに移動します? ちなみに俺は、ベッド希望ですけど」

「あ、そういう意味か」

相馬も自分と同じ気持ちだと知って嬉しい。大きな手に頬を摺《す》り寄せながら、年甲斐もない自分に苦笑し、目を伏せた。

「僕もベッドがいい、かな」

答えるとすぐ、ざっとシャワーを浴びてからバスルームを出る。身体を拭き、裸のまま寝室に向かったが、二十歩あまりの距離のベッドに辿り着く前に、違和感を覚えて足を止めた。

「あ」

内腿を伝うものの正体に、樋口より相馬が先に気づく。

「俺が中で出したから」

言葉と同時に、抱え上げられた。残りの数歩は相馬に運ばれる。仰臥《ぎょうが》した樋口を見下ろした相馬は、ひどく色っぽい表情で目を細めた。

「ボディソープと俺の精液でたっぷり濡れてるから、すぐ挿りますよ」

一度はおさまりかけた鼓動がまた速いリズムを刻み始める。舐めるように見つめられて、平然となんてしていられない。

「見られただけで勃《た》たせるなんて、樋口さんって、やらしいですよね」

「――っ」

恥ずかしくてたまらない。でも、それがいい。頬ばかりか身体じゅうが熱くなる。

「僕が一番びっくりしてるんだよ」

開き直って唇を尖《とが》らせると、相馬がキスしてきた。

「一番は俺ですよ。あんたが可愛いから、俺の我慢がきかなくなるんです」

「……相馬くん」

抱え上げられた脚を大きく割られる。あられもない格好だが、樋口に抗うという選択はない。

腰の下に枕を添えられたせいで、相馬からはなにもかも見えているだろう。欲望を映した瞳で射貫《いぬ》かれて、背中から脳天まで痺れが駆け抜けた。

入り口に熱が触れる。さっきよりスムーズに相馬を奥まで受け入れる。最初から気持ちよくて、樋口は喘ぎながら相馬にすがった。

「どうしよう……こんなところがすごく感じるようになってしまって」

相馬に挿れられるまで知らなかった快感だ。自分の身体なのにコントロールできないなんて、大丈夫だろうか、などと不安がよぎったのは、ほんの一瞬だった。

「そのほうが俺は嬉しいけど」

それならなんの問題もなかった。相馬が嬉しいと樋口も嬉しい。

「だったら、いい」

樋口の返答に、相馬が満足げな笑みを浮かべた。

「じゃあ、樋口さんの身体のやわらかさを存分に発揮《はっき》してもらいましょうか」

「え」

ぐいと膝頭を押さえられた。これまで以上に深い場所まで挿り込んできた相馬に、まるで自分が捕食《ほしょく》される小動物になったかのような心地になる。

その後、がつがつと頭から貪《むさぼ》られた樋口ができたのは、乱れ、声を嗄《か》らすことだけだった。

6

朝まで樋口の部屋にいて、そこから事務所に顔を出してみると、早朝にも拘らず飛鳥井がすでに出勤していて、デスクに両足をのせて煙草《たばこ》を吹《ふ》かしていた。

「おはようございます」

昨夜《ゆうべ》のことがあるので多少気まずさはあるものの、普段どおり挨拶をした相馬に、早速口撃《さっそくこうげき》が始まる。

「は～、仕事すっぽかしておいて朝帰りですか。いいご身分ですなあ。おまえが拒否したから、こっちは代打で出向いたわけよ。そしたら他のホストは怖がって近づいてこないわ、客の指名はないわで案《あん》の定《じょう》なんの役にも立たなかった。あげく、次回からおまえじゃなきゃ断るって言われてさあ。おじさん、さすがにやさぐれっちゃったよ。羨《うらや》ましいな、おい。多少無愛想《ぶあいそう》でも面がいいってだけで歓迎されるんだから」

唇を尖らせる飛鳥井に同情するつもりはない。この手の仕事で日頃相馬がどれだけ苦労しているか、これで少しは理解できただろう。

鼻と口から煙《けむり》を吐き出す飛鳥井を無視して、奥のミニキッチンへ足を向ける。眠気覚ましのコーヒーを淹《い》れるためだったが、飛鳥井の文句はこれで終わりではなかった。

「それにしても、仕事を断る言い訳に『勃起してる』はないわー。おまえがそんな破廉恥《はれんち》な子だとは思わなかった。よりにもよって『勃起』だぞ、『勃起』。いくらプライベートに口出ししない主義の俺でも、『勃起』には驚いたね。色ボケにもほどがあるぞ、相馬」

朝から「勃起」を連発するのは破廉恥じゃないのか、と突っ込んでやりたかったが、これ以上機嫌を損ねるのは得策ではないので、カップを手にデスクに歩み寄る。

「どうぞ」

飛鳥井の前にカップを置くと、自分はソファに腰かけてコーヒーを飲んだ。

「相馬よ」

飛鳥井が、毒でも入っているのではないかとでも言いたげな、胡乱《うろん》な目つきでカップを凝視する。

「その後、田之倉さんの件でなにかあったか」

いきなりその名を持ち出されて、どきりとした。飛鳥井の勘《かん》はときに動物的だ。樋口と抜き差しならない関係になったことに関してはなんの後悔もしてないが、一応樋口は依頼主でもあったので後ろめたさは多少なりとも湧いてくる。

「――特に、ありません。あれで終わりです」

昨夜の出来事については口を噤んだ。プライベートまで飛鳥井に報告する義務はないだろう。もちろん、これからも樋口の身辺については注意が必要だった。今後も樋口に付き纏うような人間がいれば許す気はないし、躊躇なく警察に突きだす。

「樋口さんとは会ったか？」

「…………」

答えにくい質問に、相馬は飛鳥井から視線をそらす。

それで十分だったらしい。はあ、と飛鳥井がため息をこぼした。

「けしからん。じつにけしからんぞ、相馬」

こめかみを押さえて渋面《じゅうめん》になる飛鳥井に、相馬も顔をしかめる。後々、なにかとこの件に関してねちねちと言われるだろうことは容易《ようい》に想像できた。

「なにがけしからんのですか」

こういうときに限って紀野が普段より一時間も早くやってくる。欠伸《あくび》をしながらドアを開けた紀野は手にしていたパソコンをテーブルの上に置くと、不思議そうに飛鳥井と相馬を交互に見た。

「めずらしい。相馬さん、ミスしたんですか？」

どことなく嬉しそうに見えるのは、相馬の勘違いではないはずだ。べつに、の一言で本来の出社時間までそのへんで時間を潰《つぶ》そうとソファから立ち上がったとき、飛鳥井がデスクから足を下ろした。

「ちょうどよかった。きみたち、集まってくれ。いまから朝礼を始める」

両手で招かれ、紀野と視線を合わせる。朝礼など一度もやったことがないのだから、なにかあると身構えるのは当然だった。

「なんなんですか」

渋々、飛鳥井のデスクに向かう先を変える。飛鳥井は相馬と紀野を見ると、腕組みをして椅子に踏《ふ》ん反《ぞ》り返《かえ》った。

「うちのような零細《れいさい》企業は、仕事をさせていただくという精神でやらねばならん。愛と誇《ほこ》りをもって仕事に取り組む。えり好みなんざもっての他だ」

いまさら朝礼と称して声高《こわだか》に確認しなくても、これについては日頃から飛鳥井が口酸《くちず》っぱく言っていることだ。

「とはいえ、犯罪《はんざい》に加担する行為は――基本的に断る。言い換えれば、合法ならなにやっても構わん」

これも同じ。が、先日は盗聴《とうちょう》行為という犯罪を犯したので、飛鳥井のトーンも微妙《びみょう》なのだろう。

聞き慣れた口上に、紀野がまた欠伸を漏らす。

相馬にしても、早く終わってくれないかと首を左右に傾《かたむ》け、ぐるりと回した。

「だが、このたび絶対やっちゃいかんことをつけ加えようと思う」

なんだ、と飛鳥井を見る。

飛鳥井は一度頷くと、高らかに宣言した。

「客とのセックスは厳禁《げんきん》。いいかね。今後、いっさい客とセックスしちゃいけません。たとえ勃起しても我慢する。これ、鉄則《てっそく》」

わかったかと相馬を熟視して念押ししてきた飛鳥井に、飲んだばかりのコーヒーが逆流しそうになる。飛鳥井を睨んでやりたかったが、紀野の手前平静を装《よそお》った。

「当然です」

紀野が左手をびしっと額にやった。

「セックスなんて客とも誰ともしませんから、安心してください」

敬礼して堂々と答えた紀野に、

「そうか。誰かさんとはちがって紀野くんは立派だな」

飛鳥井が同じように敬礼を返し、呵呵《かか》と笑う。

相手にできないと、相馬は身を返してドアへ靴先を向け、そのまま事務所をあとにした。

天気はいい。空は青く、入道雲《にゅうどうぐも》は白く、寝不足の目には眩《まぶ》しいほどだ。

階段を下りたとき、相馬のポケットでスマートフォンが着信音を奏でた。かけてきたのは樋口で、自然と笑みがこぼれる。

「ちゃんと起きられましたね」

相馬が起きたとき、店が定休日の樋口はまだ夢の中だった。無理をさせたのはわかっていたので起こさず、軽い朝食とメモを残して出てきたのだ。起きるまで待っていてもよかったが、朝からその気になっても困るので自制したつもりだった。

『なんで起こしてくれなかったんだ』

が、寝起きのせいだけではない掠れ声で責められて、喉の奥で唸る。きっと拗ねた顔をしているにちがいない……と思えば、いますぐ引き返したい衝動《しょうどう》にすら駆《か》られた。

「よく眠ってたからです。今日は——ゆっくりしててください。仕事が終わったら、夕食持って伺《うかが》いますんで」

甘い気分でそう言ったが、樋口からの返事はない。どうしたのかと思っていると、

『困る』

実際、困惑しているような声が返ってきた。

「困る？」

『困るよ。だって、きみみたいに若くないし、明日は仕事だし……二日も続けてなんて、無理だよ』

なにを言いだすのかと思えば。

樋口がちゃんと自分との関係を考えていることについては嬉しいが、相馬にしてみれば複雑な心境《しんきょう》になる返答だ。

「そんなに警戒しなくても、夕飯を一緒に食べようと思っただけで、今日はしませんから」

『え、しないんだ？』

樋口は心底驚いている様子だ。よほどがっついていると思われているのだろう。

「俺、そこまで節操《せっそう》なしじゃないですよ」

苦笑混じりでそう言った相馬に、この後、思いもよらない言葉が聞こえてきた。

『節操なしって、やっぱりそうか。いい歳をしてって呆れてるんだろ。僕だって驚いているんだ。昨夜はもう無理だって思ったのに、きみの声を聞いたらそのことで頭がいっぱいになって……あ、勘違いしないでくれ。どうしてもってわけじゃないから。ただ、きみと会ってなにもしないでいられる自信が……」

「――――」

これ以上の殺し文句があるだろうか。いますぐ部屋に行って抱き締め、押し倒したい衝動に襲われる。飛鳥井に「色ボケ」と責められようとも、「色ボケ」でなにが悪いと言ってやりたかった。

一度スマートフォンを耳から離して深呼吸《しんこきゅう》をした相馬は、やわらかな声で囁いた。

「じゃあ、軽くしましょう。いろいろやり方はあるんで、樋口さんの好みに合わせて」

ね、と同意を求めると、恥ずかしそうな声が耳に届く。

『最初のときみたいなヤツ？』

「まあ、そうですね。他にもいろいろ」

よもや自分が男――しかもおじさん相手にこんな甘ったるい声で囁く日が来るなんて、予想だにしていなかった。

『……相馬くんにぜんぶ任せる』

でも、しようがない。樋口のせいだ。平凡なおじさんなんて、とんでもなかった。なにしろ何事にも執着心《しゅうちゃくしん》の薄かった相馬をこれほど夢中にさせたのだ。相馬が初めから樋口の匂いを敏感《びんかん》に嗅ぎ取っていたのは、きっとそのときから可愛いと思い、フェロモンに惹かれていたからだろう。

『じゃあ、仕事頑張って』

どこか甘さの滲んだ言葉を最後に、電話を終える。待ってるという一言がこれほど心地いいものだとは――今日、たったいま初めて知った。

たとえ飛鳥井の命令であっても、やはり最後のひとつだけは聞けない。仕事にはそれなりに愛も誇りも持っているし、違法なことに手を出さないというも同感だが、客とのセックス厳禁に関しては今夜さっそく破る気でいる。

「まあ、何事にも例外はあるってことで」

スマートフォンをポケットに押し込んだ相馬は、足取りも軽く階段を上がった。気分が変わって事務所に戻ると、飛鳥井のデスクに直行する。

「仕事しましょう」

突然やる気を見せた相馬に目を丸くしたのも束の間、飛鳥井が椅子から立ち上がった。

「いや〜、飛鳥井よろずサービスもまとまってきたじゃないか。俺はじつにいい従業員をもって幸せ者だよ」

手放しで喜び、肩を叩いてくる飛鳥井に心中で頷く。たとえ頭の隅で、樋口の部屋を訪ねる前にドラッグストアに寄って、潤滑剤とコンドームを買おうと考えているような従業員であっても、やくざ風の社長と変人のアルバイトとうまくやっていけるのは自分くらいのものだろう、と。

飛鳥井のデスクの電話が鳴った。

「はい。飛鳥井よろずサービスです」

いつもより快活な声で出た飛鳥井が、表情を一変させた。

「行方不明の猫の有力情報が入った。相馬。紀野。これから区役所周辺に向かってくれ」

受話器を置きながらの命令に、すぐさま行動に移す。階段を下りる途中で、紀野がぽつりと呟《つぶや》いた。

「給料あげてくれないかな」

紀野の時給を知っているだけに切実だとわかる。肩を組んで耳打ちをした。

「いい方法がある。可愛くねだれ。これに勝てる奴はまずいない」

可愛くねだられて厭な気持ちになる男なんていない。可愛さは年齢も性別も越えられる。普段とのギャップがあれば、向かうところ敵《てき》なしだ。

もちろん、そこに愛があってこそだが。

まんまとはまった当事者としてアドバイスした相馬は、考え込んだ紀野を尻目にワゴンの運転席に乗り込む。自分も可愛くねだってみるかと、今夜樋口に会ったときの作戦を練《ね》りながら、上機嫌でアクセルを踏み込んだ。

あとがき

こんにちは。初めまして。このたびは、初ラヴァーズ文庫を上梓できる機会を与えていただいて、とても幸せです。

「屋台に通う、見た目平凡だけどモテモテのおじさん」というお題だったのですが、おじさんというので私は真っ先にアラフィフを想像してしまいました。が、やはりそこまで受の年齢が上がるといろいろ不都合があるみたいです。

確かに、二十歳くらいの読者さんだとお父さんの年齢になりますよね。いえ、もしかしたらお祖父さん？　などと考えると、やはり三十代がベストなのかもしれません。

今回、イラストの先生はデビュー作になるとお聞きしました。果たして私でいいのかと不安ですが、とても素敵なふたりを描いてくださったマツモトミチ先生には心から感謝します。ありがとうございます。

お声をかけてくださった担当さんにもお礼を。とても光栄でした。

そして、たくさんの本の中からこの本を手に取ってくださった読者様、本当にありがとうございます。すごく嬉しいです。

「イケメンよろず屋×見た目普通の魔性のおじさん」カップルを、少しでも愉しんでいただけるよう心から祈ってます。それでは、またどこかで。

高岡《たかおか》ミズミ

Lovers Label

心に愛は満ちてるか?

ラヴァーズ文庫をお買い上げいただきありがとうございます。
この作品を読んでのご意見・ご感想をお聞かせください。
あて先は下記の通りです。

〒102−0072
東京都千代田区飯田橋2-7-3
(株)竹書房 ラヴァーズ文庫編集部
高岡ミズミ先生係
マツモトミチ先生係

2013年6月1日
初版第1刷発行

●著 者
高岡ミズミ ©MIZUMI TAKAOKA
●イラスト
マツモトミチ ©MICHI MATSUMOTO

●発行者 後藤明信
●発行所 株式会社 竹書房
〒102−0072
東京都千代田区飯田橋2-7-3
電話 03(3264)1576(代表)
03(3234)6246(編集部)
振替 00170-2-179210
●ホームページ
http://bl.takeshobo.co.jp/

●印刷所 共同印刷株式会社
●本文デザイン Creative·Sano·Japan

ISBN 978-4-8124-9485-1 C 0193

本作品の内容は全てフィクションです
実在の人物、団体、事件などにはいっさい関係ありません

ラヴァーズ文庫
Lovers Label
ラヴァーズコレクション
ラブ♥コレ
9th anniversary
創刊9周年記念BOOK♥
「心に愛は満ちてるか?」「鳳凰の片翼」「咲き誇る薔薇の宿命」の番外編
イラストレーターによる特別描き下ろし漫画を収録!!
高《たか》岡《おか》ミズミ
MIZUMI TAKAOKA & MICHI MATSUMOTO
マツモトミチ
ふゆの仁《じん》子《こ》
JINKO FUYUNO & CHIHARU NARA
奈《な》良《ら》千《ち》春《はる》
犬《いぬ》飼《かい》のの
NONO INUKAI & TOMO KUNISAWA
國《くに》沢《さわ》 智《とも》
相馬&樋口
「外にも愛はあふれてる」
レオン&梶谷
「獅子身中の虫」
ルイ&紲
「悪魔のヴァカンス」
好評発売中!!